Bruño

PARALELO CERO

© Jordi Sierra i Fabra
<www.sierraifabra.com>
© Grupo Editorial Bruño, S. L., 2001
Juan Ignacio Luca de Tena, 15
28027 Madrid
www.brunolibros.es

ISBN: 978-84-216-6631-9
Depósito legal: M-25410-2021

PRIMERA EDICIÓN: abril 2001
SEGUNDA EDICIÓN: diciembre 2001
TERCERA EDICIÓN: junio 2002
CUARTA EDICIÓN: marzo 2003
QUINTA EDICIÓN: febrero 2004
SEXTA EDICIÓN: marzo 2005
SÉPTIMA EDICIÓN: diciembre 2005
OCTAVA EDICIÓN: diciembre 2006
NOVENA EDICIÓN: junio 2007
DÉCIMA EDICIÓN: mayo 2008
UNDÉCIMA EDICIÓN: octubre 2008
DUODÉCIMA EDICIÓN: julio 2009
DECIMOTERCERA EDICIÓN: julio 2010
DECIMOCUARTA EDICIÓN: abril 2011
DECIMOQUINTA EDICIÓN: febrero 2012
DECIMOSEXTA EDICIÓN: febrero 2013
DECIMOSÉPTIMA EDICIÓN: marzo 2014
DECIMOCTAVA EDICIÓN: febrero 2015
DECIMONOVENA EDICIÓN: febrero 2016
VIGÉSIMA EDICIÓN: abril 2017
VIGÉSIMA PRIMERA EDICIÓN: febrero 2018
VIGÉSIMA SEGUNDA EDICIÓN: noviembre 2018
VIGÉSIMA TERCERA EDICIÓN: noviembre 2020
VIGÉSIMA CUARTA EDICIÓN: octubre 2021
VIGÉSIMA QUINTA EDICIÓN: enero 2022

PARALELO CERO

Dirección del proyecto editorial:
Trini Marull

Dirección editorial:
Isabel Carril

Edición:
Cristina González

Diseño:
Emilio Rebull

Diseño de cubierta:
Elsa Suárez Girard

Cubierta:
*Ilustración basada en la fotografía
de Olenka Sergienko, en Pexels*

PAPEL DE FIBRA
CERTIFICADO

PARALELO CERO

97 formas de decir «te quiero»

Jordi Sierra i Fabra

Capítulo primero

El encuentro

La tarde era espléndida.

Y no solo por agradable, primaveral, apacible, tranquila y cuantos adjetivos calificativos se le ocurrieran.

Era espléndida porque se sentía en armonía con el universo, en paz consigo mismo, en un estado casi alfa de quietud y serenidad. Como si el mundo se hubiera detenido de pronto y le hubiese atrapado en un segundo de puro nirvana.

Ni siquiera sabía de dónde le venía.

Era… uno de esos momentos, nada más.

Un momento casi mágico.

¿Y qué hacía uno en un momento así?

Desde luego, no encerrarse en casa.

Cristóbal contempló el parque. Acababa de aparecer de la nada, ante sus ojos. Un flash. ¿Cuándo había sido la última vez que paseó, con las manos en los bolsillos y ninguna urgencia en el corazón o en la mente? ¿Y cuándo la última vez que fue en un parque?

¿Era posible que la respuesta fuese... nunca?

Se detuvo y miró a derecha e izquierda, igual que si se sintiera culpable por lo que iba a hacer. Por supuesto, nadie reparaba en él. La gente caminaba sin más, perdida en sus propios problemas y en su mundo. El espacio estaba lleno de hormigas humanas cruzándose en la distancia como estrellas de un universo infinito, sin fijarse unas en otras, sin mover siquiera una antenita en señal de reconocimiento. Nada. Unos miraban el suelo, otros los escaparates, unos el paso de cebra calculando si algún coche se dignaría parar, otros iban con la vista perdida en ninguna parte. Lo que marcaba sus vidas era el reloj.

Tic-tac.

Pasos controlados. Tiempo consumido. Danza de urgencias. Momentos quemados. Prisa.

Cristóbal volvió a mirar el parque.

Árboles, un lago, niños jugando, abuelas rezumantes de amor, parejas, hombres leyendo el periódico, algún solitario ocasional, bullicio y silencio.

Sí, ¿por qué no?

Siguió su instinto. Cruzó la acera, atravesó la calzada, aceleró el paso ante la llegada del último automóvil impenitente y buscó la puerta de acceso. El parque estaba vallado en todo su perímetro, y un seto alto y espeso impedía ver el interior. Las casas crecían y lo envolvían por los cuatro costados, lo aprisionaban entre su solemnidad. Cristóbal sabía que, allí dentro, se sentiría igual que en una isla. Era un reclamo.

La puerta estaba a unos veinte metros a la izquierda. Se encaminó hacia ella y dejó atrás la última frontera. Nada más dar los primeros pasos en aquel paraíso perdido se alegró de estar allí. Todo cuanto había imaginado era verdad, y multiplicado por diez. Los árboles eran altos y muy frondosos, de troncos gruesos y regios; el lago estaba cubierto de nenúfares y flores, e incluso había peces de color rojo vivo; los niños dejaban oír sus gritos mientras jugaban en una zona reservada para ellos; las abuelas los contemplaban con el orgullo de quien acaricia la vida sumergiéndose en cada instante como si fuera el del epílogo; las parejas ocupaban los bancos, los huecos, el césped, los paseos, con sus manos, sus cuerpos y sus mentes entrelazados; los que leían el periódico y los solitarios ocasionales en general flotaban en su propia burbuja de tiempo. Exactamente como había imaginado. Bullicio y silencio.

Cristóbal llenó sus pulmones de aire.

Estaba en medio de la ciudad, de la polución, de la contaminación, pero allí dentro él también tenía su propia burbuja.

Deambuló sin rumbo, sintió el suelo de tierra bajo las plantas de los pies, se apartó de la zona de juegos infantiles por mera inercia y se perdió en el primer recoveco para internarse por una avenida arbolada, más umbría que el resto. El sol de la tarde ya no caía allí, así que, por extraño que pareciera, no había nadie. Ni siquiera una pareja anhelante de soledad.

Se sentó en un banco de madera.

Y se rió de sí mismo al tiempo que soltaba un bufido de aire.

Quizá tuviera alma de poeta; quizá fuera uno de esos que, en el fondo, aman lo bucólico y el día menos pensado descubren que lo suyo es la naturaleza.

Se echó hacia atrás en el banco y apoyó la cabeza en el respaldo. Extendió los brazos a ambos lados. Luego cerró los ojos.

No supo cuánto tiempo transcurrió.

Su mente volaba libre, su cuerpo permanecía ingrávido, su alma rebosaba quietud.

Así que pudieron ser unos segundos, o unos minutos.

Una eternidad.

Hasta que, de pronto, experimentó una extraña sensación.

Y abrió los ojos.

Ella estaba allí.

Normal, tirando a atractiva, no muy alta, no muy delgada, no muy más ni muy menos que otras chicas. Tenía el cabello negro y largo, los ojos negros y grandes, y vestía una blusa negra y ajustada. Le gustaron sus labios, de terciopelo rosa; y sus manos, de satén blanco. Le gustaron sus piernas, de rodillas para abajo asomando al final de una falda breve; y su pecho, ajustado sobre el centro de su dimensión cósmica.

Una agradable visión.

Y lo estaba mirando a él. Fijamente.

Cristóbal parpadeó. Allí no había nadie más; y ella, desde luego, más que mirarlo… parecía como si lo atravesara. Su expresión era de… ¿asombro?, ¿sorpresa?, ¿incredulidad?

¿De dónde había salido?

Cristóbal movió la cabeza. Primero miró a la derecha. Después a la izquierda. No había nadie. Y nada era superior al reclamo de aquella presencia, y mucho menos aún al de su mirada.

Una mirada líquida que muy despacio iba convirtiéndose en melancólica sonrisa.

No supo qué hacer.

Y tampoco tuvo mucho tiempo para pensarlo.

La chica se acercó inesperadamente. Él se incorporó para sentarse mejor por si, después de todo, tenía que echar a correr. Ella no se detuvo delante de él; se sentó a su lado. Sus manos se unieron en un gesto de nerviosismo acentuado por la blancura que ahora presidía sus facciones. El pecho le subía y le bajaba con fuerza, a estímulos de su respiración y por los efectos de un corazón que latía con inusitada violencia. De cerca era aún más agradable, más exquisitamente normal, más hermosamente natural.

—Hola —le dijo ella.

Voz cristalina.

—Hola —vaciló él.

Y la aparecida formuló la pregunta:

—¿Sabes quién soy?

AQUELLO le pilló de improviso.

Si la conociera, la recordaría, estaba seguro. No había tenido un pasado tan sobrado de chicas como para olvidarse de una. Claro que, a lo peor, ella tenía diez años la última vez que se vieron, en cuyo caso…

—No —fue sincero.

Esperaba que le aclarase el misterio, que le diera una pista, un indicio. En lugar de eso, la chica bajó la cabeza y sus ojos se posaron en sus propias manos, ahora más y más nerviosas, con los nudillos blanqueados a causa de la presión que ejercían la una contra la otra. Tenía la piel muy suave, un cutis muy fino. Ni un átomo de acné, al contrario que él.

Y olía muy bien.

A leche y miel.

—Lo siento —dijo Cristóbal.

Ella siguió quieta. Ningún «no importa». Ningún «está bien». Ningún «no pasa nada».

—¿Qué… sucede? —vaciló él.

Levantó la cabeza y lo miró de golpe. Sus ojos estaban ligeramente más húmedos. Pero no parecía dispuesta a llorar. Más bien era un conato de emoción que pugnaba por salir a flote y ella se ocupaba de mantener hundido en el fondo de su ser.

–Me llamo Daniela –reveló.

–Yo, Cristóbal.

Primera sonrisa. Un atisbo.

–¿Cristóbal? –murmuró–. Me gusta.

–Daniela también es… bonito.

–Gracias.

Ni en sus más remotos sueños habría imaginado jamás que una desconocida lo asaltara en mitad de un parque. Eso demostraba lo idiota que había sido por no pasear nunca por alguno. Tal vez esas cosas fueran normales en los parques.

–Andrés también era muy bonito –volvió a hablar Daniela.

Cristóbal no supo qué contestar.

–¿Te recuerda algo el nombre de Andrés? –preguntó ella.

–No.

Debía de ser una pregunta importante y él acababa de darle la respuesta equivocada, porque Daniela cerró los ojos y no ocultó su desilusión y lo que parecía un límite en su resistencia. Tembló un poco más, o mejor dicho, se estremeció. No hacía frío, al contrario, pero se le puso la carne de gallina. Trataba de contener los nervios, pero no le era fácil. Cristóbal volvió a mirar a derecha e izquierda. Aquello no tenía sentido.

–Dios… –suspiró la chica.

–Yo tengo que… –él hizo ademán de levantarse.

Daniela se lo impidió.

–No, espera –le sujetó por un brazo, y ese contacto fue lo mismo que si hubiera agarrado una brasa ardiente. Lo soltó de inmediato, más aún al ver que él volvía a sentarse–. Por favor...

–¿Estás bien? –Cristóbal experimentó una especie de arrebato de ternura.

–Dame cinco minutos, por favor –le suplicó ella–. No estoy loca, ni hay ninguna cámara oculta por aquí, ni... Por favor.

–Yo es que creo que te equivocas –fue sincero él.

–No, no me equivoco.

–¿Estás segura?

–Sí, completamente –asintió con firmeza.

–¿Me conoces de algo?

En lugar de responder su pregunta, le formuló otra:

–¿De verdad no recuerdas nada?

–¿De qué?

–De ti, de mí, de nosotros.

–¿De nosotros?

–Andrés y Ángela.

–¿Quién es Ángela?

–Yo.

–¿No decías que te llamabas Daniela?

–Me llamo Daniela ahora. Hace años yo era Ángela.

–Espera, espera... –cada vez se sentía más confuso–. ¿Te has cambiado el nombre, es eso?

–No, And... Cristóbal –rectificó a tiempo–. Hace veinte años yo me llamaba Ángela.

Le miraba tan fijamente, con aquellos ojos tan negros, limpios y tristes, que hasta tardó en sumar dos y dos. La realidad penetró despacio en su mente. Veinte años. Veinte años. Veinte años.

¿Veinte años?

Daniela no tendría más allá de dieciocho o diecinueve. Cristóbal no ocultó su incredulidad. Arqueó las cejas.

—Te has hecho un *lifting* impresionante... —trató de bromear.

—Esto es importante —la chica posó su mano sobre la de él. Era su segundo contacto. Volvió a quemarse, pero no la apartó. Su voz tembló todavía más al agregar—: Por favor, es muy importante. Es... —logró contener su propia emoción tragando saliva.

—¿Por qué no me dices qué está pasando? —suspiró él.

—Debería ser lo mejor —repuso la chica.

—Pues adelante.

—No es fácil. Si no recuerdas nada...

—Inténtalo.

La nueva pausa fue muy breve. Sintió aquellos ojos inmersos en los suyos, y una mano ardiente que le removía el estómago. De pronto, ella parecía más niña y más mujer al mismo tiempo, y su mirada se le antojó aún más triste, aunque también había en ella destellos de esperanza, de amor, de renacida ternura. Daniela llenó sus pulmones de aire. Luego lo soltó de golpe, a bocajarro.

—Hace veinte años quedamos en vernos hoy aquí, Cristóbal. Hoy, siete de mayo, a esta hora. Y has venido. Estamos aquí los dos. Lo que no acabo de entender es... cómo es posible que no lo recuerdes y, en cambio, estés aquí.

Ahora sí lo supo a ciencia cierta: estaba loca.

Cristóbal se removió, inquieto. La mano de Daniela seguía sobre la suya. No era una presión, sino más bien un apoyo, un descanso. La retiró con pereza para unirla a la otra y se llevó las dos, plegadas, a los labios.

–No lo recuerdas –suspiró, profundamente abatida.

Cristóbal se dispuso a marcharse, aunque fuese a la carrera. Parecía inofensiva, pero eso nunca podía saberse del todo. Por allí cerca había un manicomio, seguro. Aun así, se quedó mirándola cinco segundos más.

Y entonces ella rompió a llorar.

Fue como si algo le clavara al banco, igual que si un peso enorme le aplastara, impidiéndole levantarse. Si había una cosa que nunca resistía, eran las lágrimas de una mujer, joven o adulta. Le podían. Y Daniela estaba llorando con un sentimiento, una pasión y una vehemencia que le impregnaban. Destilaba dolor por todos los poros de su cuerpo. Le pasara lo que le pasara, le hacía daño, lo sentía en lo más profundo de su ser.

Se sintió muy extraño.

Para una vez que entraba en un parque y se sentaba en un banco…

–¿Por qué yo sí y tú no? –preguntó ella mientras volvía a mirarle.

Él guardó silencio.

–¡Estás aquí! –cerró las manos y las convirtió en puños crispados. Las lágrimas caían por su suave rostro dejando caminos húmedos en la piel.

Ahora sí la encontró realmente guapa.

Llorando.

Femenina, vulnerable, inocente.

Pero… ¿qué estaba pensando? ¿Se había vuelto loco él también?

–No entiendo nada –comentó.

–Tu subconsciente –dijo Daniela–. Tu subconsciente lo sabe, pero tú no has conectado aún con él. No puede haber otra explicación.

–Oye, ¿te encuentras bien?

–¡Estaba en la gloria! –casi gritó la chica–. ¡Cuando te he visto, el corazón me ha dado un vuelco en el pecho, y ha sido...! ¡Dios, tanto tiempo esperando, preguntándome si tú...!

–Dices que me conoces, que hace veinte años quedamos en vernos hoy aquí. Pero resulta que yo tengo diecinueve, así que esto no tiene mucho sentido, ¿verdad? –siguió buscando un atisbo de amabilidad a pesar de todo.

Daniela sorbió sus lágrimas. Se pasó el antebrazo por la nariz y luego el dorso de la mano por debajo de los ojos.

–Dime solo una cosa, And... Cristóbal –por segunda vez estuvo a punto de llamarlo Andrés–. ¿Por qué estabas aquí, en este banco, hoy, a esta hora?

–Pues... –hizo memoria, pero la explicación seguía siendo la misma–: Por casualidad.

–¿Estás seguro?

–Claro. Paseaba sin nada que hacer, cosa rara, porque siempre voy acelerado, y de pronto he visto el parque y he entrado.

–Y te has sentado en este banco.

–Sí.

–Nunca habías estado aquí antes.

–No.

–¿No te parece raro?

–No, ¿por qué habría de parecérmelo? Todos hacemos cada día cosas que no hemos hecho antes, y repetimos también las de siempre.

–¿Tú crees en las casualidades?

–Sí.

–¿Crees que es una casualidad que hoy, siete de mayo, a esta hora, hayas pasado por delante de este parque, y hayas entrado, y te hayas sentado en este banco precisamente?

–Sí –repitió él.

–Entonces, ¿cómo es que yo te estaba esperando, y sabía que vendrías?

–Pero si tú y yo no nos conocemos de nada –abrió los ojos para agregar–: ¿Verdad?

–Te estaba esperando –insistió ella–. Y aunque nunca te había visto, te he reconocido.

–¿Cómo vas a reconocerme si dices que nunca me habías visto?

–Te olvidas del alma, Cristóbal.

Una visionaria. Tal vez peor: de una secta. Eso sí le preocupó.

–Me gustaría seguir hablando, pero es que…

Volvió a detenerle. Ya no lloraba. Ahora fueron sus dos manos las que le frenaron. Las sintió en las suyas. Eran muy bonitas. Manos inocentes.

–Espera –suspiró Daniela–. Por favor… Has dicho que no tenías nada que hacer, y que acababas de llegar. ¿Puedo contarte una historia?

–No sé.

–Cinco minutos, quizá diez. Escúchame y si después quieres, te vas. Pero déjame que te la cuente, por favor.

–¿Una… historia?

–Sí. Y te interesa. Te lo juro.

Era verdad: no tenía nada que hacer.

Y al fin y al cabo, estaba intrigado.

Si no estuviese loca…

–De acuerdo –se resignó–. Adelante.

—Hace veinte años –comenzó a decir Daniela–, una pareja de jóvenes se enamoró perdidamente. Eran dos jóvenes como tantos otros, ni más ni menos. Basta mirar a las parejas que pasean por aquí mismo, en este parque, y les verás a ellos. El chico tenía diecinueve años, y la chica dieciocho, aunque de hecho solo se llevaban siete meses. ¿Me sigues?

–Sí.

–¿Qué día naciste?

–El 9 de diciembre.

–Yo el 7 de julio.

Siete meses, con dos días de diferencia. Lo captó.

Pero no dijo nada.

–La forma en que ellos se amaron fue... –Daniela sonrió por primera vez, muy tenuemente, con una ternura absoluta–. Hay muchas formas de quererse, ¿sabes?, pero la suya era... total. Un amor puro, increíble, alucinante. Un amor especial como hay pocos. Y ellos lo sabían. Todos los enamorados del mundo creen que su amor es único y distinto, pero el de ellos sí lo era. Estaban hechos el uno para el otro, se tenían y deseaban fundirse en uno solo, cuando estaban juntos el tiempo se aceleraba y cuando estaban separados se hacía eterno. Cada beso, cada caricia, era un puro sentimiento desnudo. Podían pasarse horas mirándose a los ojos y nada más. Pero cuando se acariciaban, se besaban... Oh, Dios, entonces... No hay palabras para describir esa emoción.

–Romeo y Julieta.

No lo dijo como chiste, sino más bien como un simple comentario. Pero Daniela lo miró de hito en hito con el ceño ligeramente fruncido.

–¿Por qué has dicho eso? –vaciló.

–No sé –él se encogió de hombros.

–No, lo has dicho por algo, seguro.

–No creo...; no sé, de verdad.

–Cristóbal, todo tiene un sentido. Pensamos que el azar y la casualidad nos marcan el camino, pero... hay un destino. Ahora estoy más segura que nunca.

–¿Y cómo sabes tú toda esa historia?

–Déjame seguir –suplicó Daniela. Y reanudó su explicación–: Ellos se juraron amor eterno a la semana de conocerse. Fue… brutal. Sus vidas cambiaron de raíz. Aquel sentimiento era tan intenso que… se ahogaban de amor, ¿comprendes? Bueno –bajó un momento la vista–, supongo que el amor es maravilloso, pero también vuelve el cerebro del revés y te hace sufrir de una forma que… Hay siempre un antes y un después. ¿Sabes de qué te hablo?

Cristóbal nunca había estado enamorado así. Ni siquiera ahora.

Ni siquiera de Leticia.

–Continúa –eludió la respuesta.

–Acabas de mencionar a Romeo y Julieta, los amantes inmortales. ¿Conoces su historia?

–¿Y quién no?

–Bien –aceptó Daniela–. Porque ese chico y esa chica también murieron, ¿sabes?

Cristóbal no se movió.

–Pocos meses después de conocerse y enamorarse, él se puso enfermo. Nadie pensó que fuera nada grave, pero cuando le llevaron al médico y le hicieron las correspondientes pruebas, le diagnosticaron una extraña enfermedad del corazón. Una de esas raras cosas que siempre creemos que les pasan a los demás, y que cuando te tocan a ti…, te preguntas: «¿por qué a mí?», sin mayor razón que la de pensar que «a alguien tiene que tocarle» –ahora hablaba despacio, desde lo más denso de su sentimiento, como si pudiera ver al chico enfermo de su historia–. En unos pocos días no solo cambió su vida, sino la de ella. Eran muy jóvenes para enfrentarse a algo tan cruel. Cuando se piensa que todo está por llegar, que la vida es hermosa y que el tiempo está en tus manos, y alguien cierra la puerta de golpe…

Volvió a llorar. Dos lágrimas saltaron de su barbilla tras recorrer en un santiamén el camino abierto por las anteriores en sus mejillas.

Cristóbal maldijo no llevar encima un pañuelo.

–Él se apagó en apenas unas semanas –murmuró Daniela–. En un abrir y cerrar de ojos perdió cuanto tenía..., salvo el amor de su novia. Postrado en cama, enfermo, sin esperanzas, muriéndose... Toda su vida perdida, todos sus sueños rotos. Y si es duro para el que se muere, porque deja este mundo, déjame decirte que puede que sea más duro para el que se queda. Quien muere dice adiós, se acabó. Pero el que se queda no hace más que recordar, sentir el dolor de la ausencia día a día. Ella no hacía más que preguntarse si existiría el mundo sin él, y la respuesta era no. ¿Cómo iba a existir el mundo sin él, sin su amor, sin esperanza alguna? Cuando sus amigas le decían que le olvidaría, que conocería a otro, que era muy joven, ella se negaba a creerlo. No podía ni imaginarlo. ¿Enamorarse de otro? ¿Cambiar solo por haber transcurrido unos años? Imposible, imposible.

Por segunda vez se pasó el antebrazo por la nariz.

–No llevo pañuelo encima –se excusó él.

–No importa, aunque debo parecerte...

–Sigue –la alentó.

Sentía curiosidad.

Daniela le cubrió con una de sus miradas totales.

Afecto, cariño, ternura, sorpresa, incomprensión, duda...

–Ella rezó. Rezó como nadie ha rezado jamás. ¡Habría hecho lo que fuera por devolverle la vida a quien más quería en el mundo! Por ese motivo buscó, y buscó, y buscó. ¿Qué? Una esperanza, un camino, una paz... ¡Algo en lo que creer! ¡Se negaba a aceptar el hecho de que eso era todo!

¡No podía ser todo! ¡Le quería demasiado para resignarse! –sus últimas frases fueron pronunciadas desde la vehemencia y la pasión. Tuvo que atemperar sus emociones antes de reanudar la historia. Y cuando lo consiguió, dijo aquello de la forma más sencilla y apacible–: Entonces encontró esa esperanza. Y lo hizo a través de algo de lo que había oído hablar mucho, pero de lo cual lo ignoraba todo, porque pasaba de ello: la reencarnación.

Cristóbal abrió tanto los ojos que se vio obligado a parpadear dos o tres veces. Como si fueran a caérsele de las órbitas.

Loca era poco.

Aquella era la prueba.

–En unos días lo aprendió todo acerca de la reencarnación. Y creyó en ella. Creyó firmemente en ese extraño y milenario ritual, o lo que sea. Si mil millones de hindúes, tibetanos y otras gentes están seguros de que es real, ¿por qué iba a dudar, cuando necesitaba creer más que nunca en su esperanza? –se detuvo para preguntarle–: Sabes lo que es la reencarnación, ¿no?

–Una persona muere y su alma vuelve a la vida metiéndose en el cuerpo de otra que nace.

–Bien –suspiró Daniela una vez más.

–¿Bien, qué? –vaciló él al ver que no seguía.

–¿Es que no lo entiendes?

–No.

La pausa fue más breve. La mirada más intensa. La presión de sus manos desesperada.

–Ellos eran Andrés y Ángela entonces, hace veinte años –dijo la chica–. Hoy somos tú y yo, Cristóbal.

—¿Te estás riendo de mí? –fue lo único que se le ocurrió decir.

–No, claro que no.

–¿Hablas... en serio?

–¿Tengo aspecto de bromear?

Después de llorar, de contar aquello, de convertirse en un sentimiento desnudo en mitad del silencio de aquella zona del parque, lo que menos tenía era aspecto de bromear.

–No –concedió Cristóbal.

–Entonces acabaré de contarte la historia –prosiguió Daniela.

No sabía qué cara poner, ni cómo tratarla, ni qué decir.

–Será lo mejor –dijo.

–Ángela le habló de la reencarnación a Andrés. Para entonces, a él apenas si le quedaban dos o tres semanas de vida, y no siempre estaba consciente. Puede que eso sea lo que ha influido en tu actual estado –vio que Cristóbal se movía inquieto y siguió sin darle tiempo a más–: Le dijo que era su única esperanza. La única de verdad. No podían evitar su muerte, el presente se les había roto, pero, ¿y el futuro? Si creían en la reencarnación, había una esperanza. Y por remota que fuese, cuando no se tiene nada y se cree que se ha perdido todo... –Daniela levantó la cabeza, miró los árboles y esbozó otra leve sonrisa–. Primero fue Ángela. Después fue Andrés. Ella le convenció. Le dijo que si lo deseaba, si le hablaba a su alma cada día antes de morir, esta volvería sin haber olvidado el amor de su anterior dueño. Andrés tenía que luchar, vivir en la eternidad por el amor de Ángela –dejó de mirar los árboles y depositó en Cristóbal una hermosa sonrisa–. Al final, los dos sabían que si su amor era lo bastante fuerte, y lo era, en un tiempo volverían a encontrarse.

—¿Cuándo? —Cristóbal se oyó preguntar sin darse cuenta, atrapado por la magia de las palabras de Daniela.

—No sabían cuándo, pero eso tal vez fuese lo de menos. Se dijeron que su amor lo superaría todo, todo, incluso el tiempo. Aunque tardaran mil años, su destino consistía en volver a estar juntos, aunque fuese con otro aspecto, porque eso también era lo de menos. Un día se encontrarían y se reconocerían.

—¿Y la edad? ¿Y si él tenía ochenta y ella diez?

—Sabían que no sería así. Su amor tenía que seguir siendo puro y natural. Además...

—¿Y lo dejaron al azar o...? —la interrumpió él.

—Por si acaso, convinieron una cita. Cada veinte años, en tal día como hoy, a esta hora, los dos acudirían a este parque, o a lo que hubiera aquí.

Cristóbal encontró por fin un resquicio. Si estaba loca, era inofensiva. ¿Acaso él no ayudaba a evitar la extinción de las ballenas o la matanza de las focas? Pues aquello era casi lo mismo. Un acto de piedad hacia una desconocida capaz de narrarle la historia más increíble jamás contada.

—Un momento, un momento —la detuvo—. Dices que decidieron eso hace veinte años.

—Sí.

—¿Y que cada veinte años los dos...?

—Sí.

—O sea, que solo han pasado los primeros veinte años —quiso dejarlo aún más claro.

—Claro, por eso estamos aquí.

—Entonces no puede ser —expresó él casi en tono triunfal—. Andrés murió, pero Ángela seguirá viva hoy y tendrá treinta y ocho años.

La tristeza volvió a ensombrecer la expresión de Daniela.

—Eso... no es así exactamente —musitó sin apenas voz.

—¿Por qué no? Dos y dos son cuatro.

—Porque yo me suicidé al día siguiente de morir tú. Por amor.

La cara de Cristóbal resumió lo que sentía.

—Debes creerme. Te digo la verdad —manifestó Daniela.

—Mira, esto no es... —sonrió irónico alzando la comisura del labio–. Va, ¿quién te envía? ¿Es Santiago?

—No conozco a ningún Santiago.

—Pues entonces hay una cámara oculta, vale.

—No se trata de eso, por Dios.

—Escucha, no sé quién eres, y como broma no está mal. Pero déjalo ya, ¿de acuerdo?

—Dios... Dios... –gimió ella–. No lo recuerdas. Estás aquí, pero no lo recuerdas. Dios... –se llevó una mano a la frente y la apoyó en la palma, como si le pesara una tonelada.

Contuvo las lágrimas. O tal vez no le quedaban más.

—¿Tú crees de verdad todo lo que me estás diciendo? –preguntó él.

—No se trata de que lo crea o no. Yo sí lo recuerdo. Dicen que los reencarnados no recuerdan nada de sus vidas anteriores, a no ser algunos flashes o escenas que sueñan y que no saben de dónde proceden. ¡Pero yo lo recuerdo! ¡Me juré que lo recordaría, morí sabiendo eso! ¡No habría hecho lo que hice si no fuera así! ¡Lo recuerdo, lo recuerdo, santo Dios!

—Está bien: tú lo recuerdas. Pero aun así, ¿no te parece increíble?

—¡No es increíble! –se desesperó Daniela–. ¡Tú estás aquí!

–Pudo haberse sentado otro, uno cualquiera. ¿Cómo sabes...?

–Me tomas por idiota. Eres tú.

–¿Por qué estás tan segura?

–Tus ojos. Tu mirada. Es tu alma la que está ahí dentro –le puso un dedo en el pecho–. Tu alma, que antes fue la de Andrés.

–Entonces, si no recuerdo nada, es que yo no te quería tanto.

Era una verdad dolorosa. Daniela se enfrentó a ella.

–Tú me querías tanto como yo a ti. De todas formas... ¿Puedo hacerte una pregunta personal?

–Sí –la invitó.

–Andrés tenía una marca de nacimiento en mitad de la espalda. Una mancha oscura de cinco centímetros de largo por dos de ancho. Parecía un signo de exclamación con el punto arriba. Le tenía mucho cariño porque decía que era... –se detuvo al ver su palidez–. ¿Qué te pasa?

Cristóbal no contestó.

–¿Tienes esa mancha? –preguntó Daniela.

Siguió mudo. Y más pálido.

–La tienes, ¿verdad?

No hubo respuesta. Casi pensó que ella se le iba a echar encima para quitarle la camisa. En lugar de eso, continuó hablando.

–Hay más cosas. Andrés era un fanático del número siete. Decía que era su número de la suerte.

La palidez se multiplicó.

–¿Quieres que siga? –dijo Daniela.

Cristóbal asintió con la cabeza.

–También quería ser médico..., no fumaba y odiaba el tabaco..., se ponía siempre primero el calcetín del pie izquierdo...

Cristóbal no sabía si tener miedo o echar a correr, si seguir creyendo que ella estaba loca o... rendirse.

Todas aquellas tonterías o manías a las que nunca había dado la menor importancia, de pronto se convertían en evidencia de un pasado desconocido.

Y su mancha.

—No... es... posible —farfulló.

—Eres tú, cariño —aseguró ella, empleando por primera vez una palabra de corte sentimental y directa—. Eres tú y soy yo. Nos queríamos demasiado para esperar mil años. Han bastado veinte.

—No sé qué... decir —siguió tartamudeando él.

Sentía su mente abotargada.

Unos minutos antes era una persona normal, feliz, tranquila, paseando por un parque y sentada en un banco. Ahora era la reencarnación de... Dios sabía quién.

Y Daniela le tenía bien cogido.

Por el alma.

—No digas nada —repuso ella—. Deja a tu corazón.

—No es tan sencillo.

—Intenta recordar.

—¡No puedo!

—Mírame a los ojos.

La miró. Con o sin lágrimas, eran hermosos. Y sinceros.

—Lo siento —se encogió de hombros—. Es que es demasiado asombroso para que pueda..., no sé, ni siquiera pensar, o sentir. Es abrumador.

—Yo lo considero maravilloso, natural. Moriste injustamente, y yo lo hice unas horas después, por ti. Sabíamos que nuestro amor era superior a todo, y esta es la prueba. Ahora todo depende de ti.

–¿De mí? –se alarmó.

–Yo te quiero. Siempre te he querido, y siempre te querré.

–¡Acabas de conocerme!

–Te repito que no –ahora Daniela hablaba tranquila, despacio, con una suavidad que también destilaba placidez–. Yo no quiero tu físico, sino tu esencia. Te quiero porque sé que eres tú, porque sé que el alma de Andrés está en ti. Me daría igual que fueras feo. Nuestro amor era muy distinto, ya te lo he dicho. Por eso depende de ti. Puedes aceptar la realidad, y la evidencia, y empezar de nuevo en esta vida, juntos. O puedes darle la espalda a todo y marcharte. Es evidente que no conseguiré retenerte si no lo deseas.

–¿De veras me quieres?

–Lo que cuenta es el alma, Andrés.

–¿Quieres dejar de llamarme Andrés? ¡Me llamo Cristóbal!

–Perdona. Yo también soy Daniela ahora. Lo siento.

Estaba agotada, y de pronto él lo notó. Vio cómo sus hombros se hundían, cómo se rendía soltando la última bocanada de aire retenida en los pulmones, y de qué forma se abrazaba a sí misma, igual que si una fría soledad procedente del otro mundo la hubiese atenazado de golpe.

–Tiene que haber otra explicación –quiso consolarla.

–No la hay –la voz de la chica era un hilo tan delgado que apenas hizo vibrar el aire–. Ha sucedido algo..., y ahora...

Se levantó despacio, rehuyendo la mirada de su consternado compañero.

–No, espera –la detuvo.

–¿Para qué?

–No sé, pero...

La mirada fue un abismo. Amor, deseo, dolor, resignación en la de ella. Incredulidad, recelo, zozobra, pasmo en la de él.

–Nunca hubiera creído que el destino pudiera ser tan cruel con nosotros –exhaló Daniela.

–¿Desde cuándo recuerdas tú…?

–Hará unos seis años –reveló–. Bueno, antes tenía flashes, destellos. Te veía en sueños… Primero no tenías rostro, así que jamás pensé que fueras real. Creía que era cosa mía y de mi romanticismo. Pero después tuviste una cara, y una voz.

–¿La cara y la voz de Andrés?

–Sí. Una noche estábamos reflejados en un espejo, los dos, tan limpios y claros como te estoy viendo ahora. Desde ese día todo vino a mí gradualmente. Sonidos, momentos, palabras, caricias… Todo se hizo realidad, hasta que lo comprendí y vi la luz. Tú me llamabas Ángela, y yo a ti Andrés. No podía ser un sueño. Tantas veces no. El día que toda nuestra vida pasada desfiló ante mí igual que si fueran las imágenes de una película que acababa de ver…

–¿Cuál era el apellido de ese tal Andrés?

–Bussons. Y el mío era Marsans. Ángela Marsans.

–Ni siquiera eso me suena de nada.

–Andrés era tímido –dijo ella–. Siempre fue muy inseguro hasta que se enamoró de mí, bueno, de Ángela. Tú debes de ser igual. Y siendo así, puede que te falte más tiempo.

Cristóbal se quedó de nuevo mudo. Era tímido. E inseguro. Lo iba superando, y más desde que estaba con Leticia. Pero aun así…

Leticia.

Se sintió fatal. Como si Daniela pudiera leerle la mente.

–¿Me crees ahora? –preguntó la chica.

¿La creía?

–Escucha –el agotamiento la rindió un poco más. Metió la mano en uno de los bolsillos de su falda y cuando la sacó llevaba una tarjetita entre los dedos índice y corazón–. Este es mi teléfono –se la tendió–. Vendré cada tarde aquí, a esta misma hora, durante dos semanas. Si pasado ese tiempo no has aparecido ni has llamado... Supongo que será el fin. ¿De acuerdo?

De acuerdo o no, era lo que había.

Y fin de la locura.

–De acuerdo –dijo él.

Daniela ya no esperó más. Dio media vuelta y se alejó despacio, con la cabeza baja y sin dejar de abrazarse a sí misma.

Tardó una eternidad en desaparecer por un recodo del camino abierto bajo los árboles, y cuando lo hizo, Cristóbal fue consciente de que ella seguía llorando.

Capítulo segundo

La reacción

CRISTÓBAL llegó a casa con el cerebro del revés.

Y no solo el cerebro. También el estómago, el pecho, las rodillas…

¿Acababa de ser abducido por los extraterrestres y no se había enterado? ¿Realmente había tenido aquella conversación con Daniela? ¿Y quién era Daniela?

De locos.

Tan absurdo que…

¿Qué?

Pasaría de todo y en paz. No iba a comerse el tarro ahora con semejante bobada. Todo aquello resultaba tan inverosímil que no merecía ni pensar en ello. Se negaba a pensar en ello.

Salvo que ella era real, y una de esas chicas que le gustaban, que antes de conocer a Leticia le habría sacudido la conciencia y puesto la piel de gallina. Sus lágrimas también eran reales. Y su historia…

Dios, menuda historia.

–¿Cristóbal?

Su madre apareció por la puerta de la habitación de matrimonio, abrochándose los botones de una de las blusas que solía ponerse para estar por casa. Ella siempre se cambiaba al llegar del trabajo. Se acercó a él sonriente y le dio un beso en la mejilla.

–¿De dónde vienes? –le preguntó.

–De por ahí.

–Vale, vale –puso cara de resignación suprema y alzó las dos manos como si no quisiera molestar–. Usted perdone.

–Si es que no vengo de ninguna parte –se defendió él–. Tenía un rato libre y me he sentado en un parque.

–No te veo yo a ti sentado en un parque –puso cara de pasmo la mujer.

–Pues ya ves.

–Sí, sí, ya veo.

Cristóbal se metió en su habitación. Su padre llegaba más tarde. Se acercó al espejo del armario y se miró en él.

¿Recordaba algo de «vidas pasadas»?

Cuando soñaba…

No, él no soñaba con novias como Daniela, ni con nada que pudiera relacionarse remotamente con una experiencia vivida en otra existencia. Vivía en España, no en la India o en el Tíbet. Aquello era Occidente.

Y él, Cristóbal. Solo eso.

–¡Jo! –dejó escapar.

¿Y todo aquello del número siete, de ponerse primero el calcetín izquierdo, de no fumar y odiar el tabaco, de la timidez y la inseguridad?

¡Era él!

Incluso estudiaba medicina y tenía aquella mancha en la espalda.

Su signo de admiración personal, como él lo llamaba.

Salió de la habitación y fue a la de su hermana. Estaban puerta con puerta, así que solo dio un paso. Llamó con los nudillos.

–¿Elena?

–Sí, pasa.

Entró. Su hermana, cinco años mayor que él, estaba estudiando con las pestañas más caídas que su ánimo. Siempre lo dejaba todo para el último momento, pero de la forma que fuese, conseguía pasar. En un año más sería bióloga. Se parecían mucho en lo físico, aunque ella fuera más de «rompe y rasga» y estuviese más loca. Siempre habían confiado el uno en el otro.

–¿Tú crees que los bichos sabrán lo que me está costando esto y algún día me lo agradecerán? –le espetó al verle.

–Si alguien tiene que comerse a alguien, tranquila, que serás tú la que se zampe a un cocodrilo –aseguró él.

–¡Je, je! –exclamó Elena–. ¿A qué debo el honor?

Cuando era más pequeño tenía prohibido entrar en aquel templo femenino, ni siquiera estando ella dentro. Su hermana era muy picajosa. No quería que le viese las braguitas, ni los sujetadores, ni nada que fuera personal y privado, y para ella, todo era personal y privado. Las cosas habían cambiado. Elena seguía teniendo la ropa interior por todas partes, sobre la cama, la mesa de trabajo, la silla o incluso por el suelo, menos en el armario o los cajones, pero ahora no le importaba. Los dos habían crecido. Eran «adultos».

–¿Tú crees en la reencarnación? –le preguntó a su hermana.

–No.

–¿Por qué?

–Porque no creo en nada, ya lo sabes. Paso de esos rollos.

–¿Y no te extraña que en la India haya mil millones de personas que creen en ella?

–Hace no sé cuántos años, la humanidad entera pensaba que la Tierra era plana, así que ya ves tú… –Elena se encogió de hombros–. De todas formas, supongo que deben de vernos tan raros a nosotros como nosotros les vemos a ellos, al menos por las costumbres.

–En el Tíbet, cada vez que se muere un lama, encuentran al reencarnado, y el reencarnado recuerda su ropa, su vaso, su sombrero…

–Yo también vi la película –asintió la chica. Luego puso cara de preocupación y preguntó–: Oye, ¿te vas a hacer budista como el Gere, o qué?

–No, no, era curiosidad –fingió indiferencia.

–Hermanito… –Elena le miró con las cejas arqueadas–, cuando tú tienes curiosidad por algo, los demás ya podemos empezar a preparanos. ¿Te recuerdo algunas?

–Vale –optó por retirarse–. Sigue estudiando, que ya sabes que algún día tendrás que mantenerme.

–¡Ni con una «jartá moriles», rico! –le despidió su hermana.

Cerró la puerta y regresó a su habitación.

Tenía la cabeza llena de Daniela y de su historia.

La cena era tranquila. Su padre ya había contado las dos o tres cosillas que siempre solía contar, acerca del trabajo, del coche o de cualquier problema. Su madre, por su parte, lo mismo. Ahora atravesaban uno de esos breves silencios a la espera de nuevas expectativas. Estaba prohibido comer o cenar con la televisión puesta. Normas. Según ellos dos, cuando en una casa hablaba la televisión a la hora de estar todos juntos en torno a la mesa, la familia dejaba de comunicarse, porque era el mejor y el único momento para hacerlo. Elena y él estaban de acuerdo, aunque solo fuese porque comer viendo los muertos del telediario era cada vez más triste y más lamentable.

Cuando terminase la carrera se iría a África con Médicos Sin Fronteras o con Médicos del Mundo.

Claro que eso no se lo había dicho a su madre aún.

–¿Cómo os enamorasteis? –formuló la pregunta en el momento preciso.

Lola detuvo la mano que sostenía el tenedor y no llegó a meterse el pedazo de pescado en la boca.

–De eso hace veintisiete años. Ya no lo recuerdo –dijo su padre.

–¡Ramón! –reaccionó su mujer, mirándole a él en lugar de a su hijo.

–Es broma, mujer –sonrió el cabeza de familia.

–¡Huy, huy! –Elena le guiñó un ojo.

Cristóbal pasó de ella.

–¿Por qué quieres saberlo? –le preguntó Lola.

–Curiosidad –dijo con la mayor de las naturalidades.

–Hoy está místico –apuntó Elena.

–No seas plasta –protestó Cristóbal. Y dirigiéndose a sus padres insistió–: Venga, va, ¿qué pasa, es un secreto? Solo sé que os conocisteis en una discoteca, nada más.

–Es que no hay mucho que contar –fingió indiferencia Lola.

–¿Recuerdas la película *West Side Story?* –mencionó Ramón.

–Sí.

–¿La escena del baile, cuando María y Tony se ven por primera vez y de pronto todo se desvanece, hasta la música, menos ellos dos?

–Yo no lo recuerdo –dijo Elena.

–Yo sí –asintió Cristóbal.

–Pues fue lo mismo –el rostro de su padre era dulce, cariñoso–. Vi a tu madre al otro lado de la pista y me gustó. Y ella me miró a mí, y lo mismo. No hablamos. Nos bastó una mirada. Nos fuimos acercando, bailando, bailando…, y a los dos minutos estábamos uno frente al otro, dejándonos llevar por la música y sonriéndonos. Cuando acabamos de bailar fuimos a tomar un refresco a la barra, nos presentamos, hablamos…, y así hasta hoy.

–¡Amor a primera vista, qué tierno! –puso cara de fingido éxtasis Elena.

–Hija, que tú cambies de novio como de camisa no quiere decir que eso sea lo normal –le endilgó su madre.

–Mamá –Elena se puso combativa–, no sé antes, pero ahora los chicos son de usar y tirar. Ellos van a lo que van, y nosotras, finalmente y por suerte, hemos aprendido, y lo mismo. ¡Faltaría más!

–Eres menos romántica que el palo de una escoba –se burló su padre.

–Pues mira, al palo de una escoba aún se le coge con las dos manos y se le abraza, es como si bailaras con él. Hay chicos que ni eso –no se cortó un pelo la chica.

–¡Calla, calla! –manifestó Lola plegando los labios–. ¡Parece mentira! ¡Cualquiera que te oiga…!

–¡Ay, futuros abueletes! –el tono de Elena era de total sorna–. No, si no digo que no seáis encantadores, pero…

–Pero ¿qué?

–Que no hay hombres como tú, papá. Eso es lo malo –se puso zalamera.

Cristóbal ya no hablaba. Asistía a la escena mitad divertido, mitad feliz. Muchos de los padres de sus amigos y amigas estaban separados. Los suyos no. Y aún recordaban con ternura lo de aquella discoteca, veintisiete años antes.

Le pareció una medida de tiempo abrumadora. Y todavía estaban siempre juntos, al margen del trabajo.

Si habían tenido una vida anterior, quizá también ellos...

Dios... ¿qué estaba diciendo?

Su madre se encontraba en el despachito familiar, resolviendo algunos asuntos de papeleo. Metió la cabeza por el hueco de la puerta y, al verla ocupada, hizo ademán de retirarse. Ella, que parecía tener ojos en todas partes, lo evitó.

—Pasa, Cristóbal.

—Ah, no, no quería molestarte, da igual.

—Estoy acabando y, además, no es importante; y si lo fuera, no pasa nada.

Cristóbal sabía que eso era verdad.

—No es más que una tontería, pero es que hoy hablábamos de eso en la facultad y..., bueno —fingió restarle importancia—. Ya sabes.

Su madre le dirigió una de sus miradas habituales.

—¿Algún problema?

—No, hombre, no. Era sobre cuando nací.

—Vaya por Dios —Lola esbozó una sonrisa irónica.

—Me gustaría saber si fuisteis por mí.

—¿Cómo? —la ironía se convirtió en sorpresa.

—Ya sabes, que si fui planificado o si llegué inesperadamente.

—Hijo —la mujer parpadeó un par de veces, más y más perpleja—, ¿a qué viene eso?

—A nada. Es simple curiosidad.

—Pues vaya curiosidad más tonta.

—¿No quieres decírmelo?

–Es que me parece una bobada, y tú, hijo, eres de los sensibles. Diga lo que diga, vas a darle vueltas en la mollera, y a saber en qué acabará todo.

–Caray, mamá.

–Te conozco desde hace diecinueve años.

Su madre tenía un fino y sutil sentido del humor, aunque en eso, nadie superaba a su padre. Incluso Elena era de armas tomar, con una lengua de lo más afilada y un desparpajo absoluto. Él era el espécimen raro, fuera de órbita. Siempre lo había sido.

Y los admiraba por aquella capacidad.

–No sabía que algo tan sencillo fuese un secreto –objetó.

–Las cosas más sencillas suelen ser las más complicadas, Cristóbal. Y más en especialistas como tú. Un día te dijimos que la prima Asun se divorciaba y tres meses después nos preguntaste si Miguel vendría a pasar el verano con nosotros, como solía hacer cada año. Tres meses pensando en ese asunto hasta que lo soltaste, porque a ti lo que te interesaba, evidentemente, era eso.

–Menudo rodeo estás dando –protestó Cristóbal–. Mira que la pregunta era clara y sencilla, ¿eh?

–Veamos, ¿tú que crees?

–Yo creo que llegué inesperadamente.

–¿Por qué?

–Pues porque me llevo cinco años con Elena.

–¿Y eso qué tiene que ver?

–La gente que quiere dos hijos tiene el segundo a los dos o tres años del primero.

–Ya, eres un experto.

–No, pero sé sumar y restar, y en la facultad…

–¿Estáis haciendo una encuesta o qué?

A tozudo y pesado no le ganaba nadie.

–Oí decir a la abuela que esperasteis dos años después de casaros para tener a Elena. Así que eso de los cinco de después...

–Cristóbal... –Lola se cruzó de brazos–, queríamos un segundo hijo y ya está, llegaras cuando llegaras. ¿O acaso olvidas que a veces la mujer propone y Dios dispone, y no hay forma de que te llegue lo que anhelas? Y si por el contrario me quedé embarazada por sorpresa, o por lo que sea, el caso es que estás aquí y eso es lo único que cuenta, ¿o no?

–Ya, pero...

–Cristóbal, te quiero y no te habría cambiado por nada –sonrió Lola–. Realmente, planificado o no, queríamos una parejita, como cualquier hortera hijo de vecino. Así que estás aquí, y es cuanto importa.

–Va, dímelo.

–No.

–¡Porfa!

–Dime tú en qué estás pensando y a qué viene esto.

–¿Yo? Es simple curiosidad.

–Pues entonces ya está todo dicho.

–Así que no me esperabais.

–¡Mira que eres plastita! –rezongó la mujer abriendo los brazos–. ¿Será posible? ¡Eres igual que mi padre, que en paz descanse! ¡Cuando se le metía algo entre ceja y ceja...! ¿A qué viene esto? ¿Quieres callarte de una vez? ¡Los hijos vienen cuando vienen y ya está, a apechugar con ellos toda la vida! ¡Desde luego, si llego a saber que serías tan pelma, me lo pienso!

–Gracias, vale.

–Eso, ahora hazte el ofendido y ten un trauma juvenil, así cuando de mayor vayas al psiquiatra podrás echarme la culpa y justificar toda la pasta que vas a pagarle.

–Yo no voy a ir a ningún psiquiatra.

–¡Eso espero! –Lola se puso en pie, rodeó la mesa y llegó hasta él con una nueva sonrisa en los labios. Abrió los brazos y en tono sarcástico le dijo–: Anda, ven aquí.

El abrazo fue de campeonato. Un auténtico abrazo de madre. Cristóbal se sintió aplastado por ella. Hizo ademán de abrazarla a su vez, pero sus manos no llegaron a cerrarse en torno a la espalda de Lola. Vacilaron y quedaron en tierra de nadie, sin saber qué hacer.

Cortado.

–¡Ufff! –dijo–. Me ahogas.

La mujer pasó de él y de su protesta.

–Qué haría yo sin mi niño, ¿eh? –le besó en la mejilla.

No había despejado una sola duda. No sabía si había sido programado o si, por el contrario, había aparecido como si tal cosa, tal vez víctima de un alma deseosa de ser reencarnada.

Pero por lo menos el amor que se desparramaba a su alrededor era auténtico, verdadero, sincero.

Le costó, pero acabó de cerrar las manos en torno a la espalda de Lola y correspondió al abrazo de su madre.

Se habían equivocado.

Un desastre.

Daniela tenía sesenta y siete años, estaba muy arrugada, casi calva, padecía artrosis y llevaba una prótesis auditiva porque estaba sorda como una tapia. Sus ojos eran igualmente negros, pero ya no poseían aquella fuerza innata. Su cuerpo había menguado, ya no quedaba nada de lo que la naturaleza había dispuesto en su adolescencia. Las manos eran sarmientos ennoblecidos por la edad, pero que en un pasado más o menos lejano olvidaron las caricias y perdieron entre sus pliegues los dones del amor. Por lo menos el amor como pretendía dárselo a él.

—Cariño, Cristóbal... Amor mío.

Cristóbal tenía los mismos diecinueve años. Seguía igual.

—¡Teníamos que haber nacido más o menos al mismo tiempo! —protestaba, aterrado.

—No importa —Daniela extendía sus brazos hacia él—. No importa, vida mía. Lo esencial es el alma, no el cuerpo. El cuerpo no es más que una envoltura para nuestra esencia humana. Te quiero. Morí por ti. Ven, cariño, ven. Ahora estaremos juntos por fin.

Cristóbal echaba a correr.

—¡No!

Y Daniela le perseguía. Anciana o no, corría tanto o más que él. No tenía escapatoria. Cristóbal se movía a cámara lenta. Daniela, a velocidad de vértigo. Nunca lograría evadirse.

—¡Déjame, vete!

—Cristóbal, viviremos siempre juntos, unidos. No puedes luchar contra eso. Nuestro amor es infinito.

Daniela lo alcanzaba, le caía sobre la espalda y lo derribaba al suelo. Cristóbal peleaba, se agitaba, pero no podía hacer nada. Ella era menuda, pero pesaba como el plomo. Quedaban cara a cara y entonces le besaba, en la frente, la nariz, las mejillas, el cuello, los labios...

—Te quiero, te quiero, te quiero...

Cristóbal se ahogaba, no conseguía respirar.

Daniela se fundía literalmente con él.

—Cariño...

Dio un grito silencioso, allá donde estuviese, y se despertó.

Quedó sentado en la cama, jadeando, con el corazón latiéndole en el pecho de forma caótica, asustado y mirando a su alrededor como si ella pudiera materializarse a su lado. Sudaba, y durante unos segundos, realidad y ficción se confundieron en su ánimo. La imagen apacible de su habitación, en la penumbra del amanecer, le tranquilizó poco a poco. El despertador digital estaba a menos de diez minutos de su hora de puesta en marcha.

Ya no se tumbó en la cama. No valía la pena.

Se levantó, se metió en la ducha del cuarto de baño que compartía con su hermana, dejó que el agua le limpiara de los efectos de la pesadilla y, después de emplear los minutos sobrantes en ese menester, regresó a su habitación y se vistió.

De muy mala gaita, pese a los efectos balsámicos del agua.

Cuando se dirigía a la universidad, comprendió que no podía darle la espalda a todo aquello. Ya era imposible.

La biblioteca de la facultad era el sacrosanto templo del más absoluto silencio. Había un mundo, pero estaba fuera, quedaba al otro lado de aquellas paredes y sus estantes repletos de libros, miles de obras que, en su día, fueron el orgullo de quienes las escribieron. No eran muchos los estudiantes que a aquella hora consultaban enciclopedias, tratados o voluminosos tomos encuadernados en piel. Cristóbal contó catorce personas incluido él.

Se concentró en lo que estaba leyendo.

«… por lo que, para un budista, el alma se reencarna de cuerpo en cuerpo sucesivamente, hasta conseguir la perfección absoluta, siendo el tránsito por la vida de los cuerpos en los que habita una absoluta búsqueda de…».

Alargó la mano y tomó otro libro. La explicación era más precisa. Volvió a leer:

«La doctrina de Buda viene referida a la Rueda del Karma, es decir, al continuo reencarnamiento del alma en sucesivos cuerpos, hasta conseguir el estado de gracia o perfección absoluta que lleva al Nirvana. Un alma puede pasar por dos docenas de cuerpos superando los caminos óctuplos de los tres anhelos: sabiduría, placer y vida, hasta sentirse libre para integrarse en el Nirvana, el estado completo».

No lo esperaba, así que el golpe en la espalda, seco y duro, le desconcentró por entero.

También se asustó, porque si bien su cuerpo estaba allí, su mente se encontraba muy lejos.

—¡Balín, chico! ¿Qué haces? —cuchicheó una voz conocida.

Se enfrentó a Santiago, su mejor amigo. Era mucho más alto que él, guapo, moreno, musculoso, y siempre estaba de buen humor. Pasaba de todo, tenía un morro que se lo pisaba y las cosas no podían irle mejor. Aprobaba de calle, ligaba que daba gusto y arrollaba allá por donde fuera.

A veces se preguntaban por qué eran amigos.

—Porque no le haces sombra. Por eso —decía Leticia, que tenía unas ideas muy peregrinas y no le caía bien Santiago—. A ver si yo voy a ir con una chica que sea más guapa que yo. ¡Ni hablar! Mejor un callo.

A Santiago tampoco le caía bien Leticia.

—Pero ¿se ríe alguna vez? —decía—. A lo peor, si lo hace, se le arruga la cara.

Y él estaba en medio.

—Me has roto la espalda —le recriminó a su amigo.

—Si es que llevo buscándote media hora, tío. Menos mal que el Isma me ha dicho que te ha visto aquí. ¿Qué haces?

Era demasiado evidente. No podía tapar el libro, ni tampoco cerrar los otros cuatro que tenía abiertos delante de él. Santiago se acercó para echar una ojeada.

–¿Reencarnación? –abrió mucho los ojos y depositó en Cristóbal una mirada de incrédula perplejidad–. ¡Sopla, tú!

–Curiosidad –fingió indiferencia él.

–¿Curiosidad? –Santiago señaló los libros abiertos y desparramados por la mesa–. Pues mira, tú cuando te sientes curioso... ¿Algún trabajo?

–No, nada –y repitió–: Curiosidad. Es un tema que me hace gracia.

–O sea, que cuando seas médico y se te muera un paciente, tú le dirás: «Tranquilo, oiga, que va a reencarnarse» –no le dejó ni meter baza–. Pues mira, yo que tú me lo pensaría, porque igual el paciente te dice que ya te pagará la factura en esa reencarnación. Aunque si se le ocurre reencarnarse en gusano...

–Mira que eres ganso. ¿Tú crees en eso?

–¿Yo? No –Santiago fue tan terminante como Elena la noche anterior.

–¿Por qué?

–Pues porque no me convence eso de que mi alma transmigre después de morir este cuerpo serrano que tengo ahora y se meta en otra vaina, qué quieres que te diga. Y tampoco que antes mi alma perteneciese a vete a saber quién, y cuando yo iba a salir del confortable útero materno se colase por una rendija. A ver: cada vez hay más gente, mil millones de pavos y pavas cada no sé cuántos años. ¿Qué pasa, que las almas se parten y se dividen en dos para satisfacer la demanda? Y eso contando solo personas. Los tibetanos creen que mañana, al morirse, pueden ser una lombriz. Bueno –no estaba muy seguro y quiso aclararlo–, eso creo.

Era toda una clase práctica y teórica de objeción a la reencarnación.

–Hay casos documentados –Cristóbal estaba dispuesto a ejercer de abogado del diablo.

–¿Los del dalai-lama y todos los lamas esos?

–Además.

–¿Ah, sí?

–Llevo leyendo un rato acerca de ello –asintió Cristóbal–. Te voy a contar un caso muy famoso, porque se constató y dio la vuelta al mundo en revistas de parapsicología y asuntos paranormales. Yo acabo de leerlo, claro –y se echó hacia atrás para narrárselo–. Hace unos años, en la India, una niña empezó a decirles a sus padres que quería ver a su marido y a su hijo, que los echaba de menos. Los padres trataron de que ella se olvidara del asunto, pero la cría, erre que erre. En la India, estos temas son muy sagrados, pero tratándose de un niño... Existe la creencia de que si un niño recuerda su existencia pasada, muere joven.

–Caramba.

–En estos casos, los padres castigan a los hijos, les prohíben recordar y callan incluso por miedo o vergüenza. Solo uno de cada cien sale a la luz, sobre todo porque, además, se necesita dinero para la consulta del especialista. Los de esta historia debían de tenerlo, porque la llevaron a uno.

–¿Y?

–La niña en cuestión comenzó a hablar de su pasado a los cuatro años, nunca llamaba «papá» y «mamá» a sus padres, pues aseguraba que ya tenía otros, decía que se llamaba de otra forma y a los nueve años ya era capaz de explicar su vida anterior con pelos y señales. Según ella, había muerto al dar a luz a su hijo. Daba toda clase de detalles y explicaciones de cómo era su casa, su marido y su ambiente. Era tal la forma en que lo describía, que el médico que la trató hizo algunas investigaciones y..., en efecto, en la ciudad que decía la niña, existía un comerciante que había enviudado hacía diez años. Esa ciudad estaba a más de cuatrocientos kilómetros del lugar donde vivía la pequeña, que nunca había salido de su entorno.

–Los críos tienen mucha imaginación –plegó los labios Santiago, en un gesto de indiferencia.

–Fue más que eso. Llevaron a la niña hasta esa ciudad, y una vez allí, ella los guió hasta la casa del que decía que era su marido. Le tendieron una trampa, y un criado fingió ser el hombre, pero la niña no cayó en ella. Reconoció a su presunto esposo, que, por cierto, se había vuelto a casar, y también a su hijo..., que obviamente tenía un año más que ella. No solo hizo eso, sino que en su habitación tenía un compartimento secreto donde guardaba algunas pertenencias, y lo encontró sin problema. Nadie sabía que estaba allí. Tras todo esto, el dueño de la casa se echó a llorar asegurando que sí, que era ella, su amada primera esposa, muerta diez años antes.

–Qué fuerte. Menuda pasada –había logrado atrapar la atención de Santiago–. ¿Y qué sucedió después?

–No lo sé. El libro no lo pone.

–¿No sabes si se quedó tal cual, o si...?

–No.

–Pues vaya gracia. Te largan el cuento, y luego... ¿Y dónde has leído eso?

–En este libro que habla de transmigraciones. Y es serio.

–No, si yo no digo que no lo sea –mostró toda la indiferencia que, de nuevo, le producía aquel asunto–, pero qué quieres que te diga... Tragar, lo que se dice tragar, no trago.

–Es natural.

—¡Jo, Balín! —le llamaba Balín como derivado de Cristóbal, Cristobalín y finalmente eso, Balín—. ¿A qué viene ese interés por lo esotérico?

—A nada.

—¡Pues venga ya, pasa de rollos! —Santiago se puso en pie. Parecía dispuesto a cerrarle los libros y sacarle de allí por las bravas—. Vámonos a ver lo que trincamos, ¿vale?

—No, ahora no —se resistió él.

—¡Venga ya, tío! ¡Apenas te veo desde que sales con la Leti, y encima…!

—¡Que me quedo, pesado!

Alguien, a no menos de diez metros, levantó la cabeza y expresó su malestar por el jaleo que estaban armando.

—¡Sssh…!

—Allá tú —pasó de él Santiago al tiempo que daba media vuelta—. Pero acabarás majara, te lo digo yo.

Y se marchó dejándole solo de nuevo con sus libros.

LETICIA caminó hacia él con una sonrisa colgando de los labios. Tuvo tiempo de mirarla y admirarla. Tenía dos meses más que él y solo dos centímetros menos de estatura, así que cuando se ponía sexy, con tacones o algo parecido, le superaba. En los últimos tres meses alucinaba bastante cuando pensaba en ello. Que Leticia le hubiese hecho caso después de sus tímidos intentos pre-navideños y post-navideños le resultó abrumador. Pensó que su suerte estaba cambiando.

Exuberante, llena de desparpajo, atrevida, potente. Había mil y un calificativos para definirla. Hasta Santiago, que siempre bromeaba por su carácter retraído, le hizo una reverencia cuando él le dijo que salían juntos y que estaban «enrollados».

–¿Enrollados cómo? –le preguntó su amigo.

–Pues enrollados de enrollados, que salimos, ya está.

–Tú eres de los de novia fija, Balín, y Leticia va sobrada.

–¿Qué quieres decir?

–Pues que no te enamores de ella hasta el punto de perder el culo, porque luego ya no lo vas a encontrar, y sin culo...

–¿Y cómo se enamora uno, a media pastilla, al setenta y siete por ciento, con reservas? ¡Vete a hacer puñetas, tío!

Santiago era ideal para amargarle las buenas cosas de la vida.

Que por lo general solían ser breves y pequeñas, por eso eran buenas.

–¡Hola! –lo saludó Leticia al llegar a un par de metros de él.

Santiago, el eco de sus palabras, el pasado, todo quedó atrás.

Hasta Daniela y su historia de la reencarnación.

–Hola –la correspondió Cristóbal.

Tres, dos, uno... contacto. Se abrazaron y se dieron un beso. El abrazo fue breve, el beso como de pasada, un roce de labios. A Leticia no le gustaban los espectáculos callejeros gratuitos. Y como por lo general despertaba miradas por donde fuera, pues menos. Llevaba tops ceñidos con el ombligo al aire, faldas muy ajustadas y cortas, y su inmensa melena azabache era como una bandera agitada al viento de la admiración. Su rostro también era expansivo, sonrisa expansiva, ojos expansivos, luz expansiva.

–Eres un caradura –le reprendió mientras echaban a andar–. No me llamaste anoche.

–Tuve que estudiar y se me pasó, lo siento.

–Vale –volvió a besarle, esta vez en la mejilla.

–¿Qué tal tu abuela?

–Bueno, está asustada. Tiene ochenta y dos años y a esa edad supongo que todo te asusta. A mi abuela le encanta vivir. ¡Anda que no se lo pasa bien ni nada pese a los achaques!

–A todo el mundo le gusta vivir –ahora sí, de forma instintiva, pensó en Daniela.

–Iba a llamarte yo –dijo Leticia–, pero como tu madre es de las que se enrollan…

–Como no tiene claro que mi hermana vaya a casarse antes de los treinta y la haga abuela, creo que ahora tiene depositadas sus esperanzas en mí.

–Abuela… –Leticia se estremeció.

–A mi madre le encantará serlo.

–Pues ya son ganas. ¡Pero si ni siquiera tiene los cincuenta!

–Hay gente para todo.

–Y que lo digas. ¿Adónde vamos?

–Me da igual –se encogió de hombros.

–O sea, que me toca decidir a mí, como siempre.

–No vayamos a ninguna parte. Paseemos. Vayamos a un parque.

–¿Como todas las parejas horteras, a besarnos sobre la hierba?

–No lo decía por eso.

–Es que a mí no me hace falta irme a un parque –se colocó delante de él y le besó en los labios.

Un beso largo y jugoso.

Cristóbal tardó en reaccionar, y para cuando lo hizo, ella ya se había separado de él y volvían a caminar uno al lado del otro, cogidos de la mano.

Pero ahora Leticia ya sabía que algo no funcionaba.

–¿Qué te pasa? –quiso saber.

Cristóbal le dirigió una mirada de lo más natural.

–¿A mí? Nada, ¿por qué?

–Chato, que te conozco –le endilgó ella.

–Nada, en serio.

–Ya.

–Será la bioquímica, que se me atraviesa.

–¡Pero si vas a ser médico en dos días, que tú eres un cerebrito insoportable, hombre! ¡No me vengas con chorradas!

–No es tan fácil –se defendió.

–Fíjate en mí, ¡un desastre!

–Es que tú eres como mi hermana, lo dejas todo para el último momento.

–Tienes razón –Leticia puso cara de dolor de estómago–. Me voy a estudiar ahora mismo, que aún estoy a tiempo. Adiós.

–Vale, ven –la detuvo él, porque ella ya echaba a andar a mayor velocidad para alejarse de su lado.

La reacción de ambos fue fulminante. Cristóbal tiró de Leticia, y Leticia fue a chocar con él de forma deliberada. Ahora el abrazo fue más largo, y también el beso. Estaban solos.

–Tonta –cuchicheó él.

–Sí, tonta –protestó ella.

–No sé por qué te quiero.

–Ah, pero… ¿me quieres?

–Sí.

–Yo no estoy tan segura.

–¿Por qué?

–Percepciones.

–Eres lo mejor que me ha pasado en la vida –dijo Cristóbal.

–Eso lo sé, cielo.

–Caramba, ni que hubiese estado en una cueva hasta que apareciste.

–No, pero casi.

–¿Por qué vas siempre tan sobrada? –ahora recordó a Santiago.

–¿Yo? –puso cara de incredulidad Leticia.

–Sobrada y segura.

–Bueno, segura sí. Soy así.

–Genial. ¿Por eso estás conmigo?

–¡Eh, eh, para el carro! –Leticia no era de las que se cortaban–. ¿Qué quiere decir eso?

Ni siquiera sabía por qué lo había dicho.

Por primera vez reconoció que estaba raro, consigo mismo y con el mundo en general.

–¿Te ves dentro de diez años conmigo, casados y con un hijo o dos? –preguntó de pronto.

Leticia abrió unos ojos como platos. Luego contuvo una evidente carcajada.

–¿Estás loco? ¿Qué dices? –se atragantó.

–No sé, era una pregunta.

–¿Casados y con hijos? ¡Jesús! ¡No!

–O sea, que…

–O sea, que nada, cielo –fue terminante. Le miró un poco más de hito en hito–. ¿No estarás pensando ya en irnos a vivir juntos y todo eso?

–No.

–¡Ah, qué susto!

Volvieron a mirarse, ahora en silencio. Leticia le pasó una mano por el cabello, más como una madre que como una novia dispuesta a hacerle un favor allí mismo. No había pasión, pero lo que más le dolió a él fue que tampoco hubiera ternura.

Siempre había creído que el amor era algo muy claro.

Y descubría la confusión.

Por su mente empezaron a pasar mil luces oscuras.

–Desde luego, no sé qué hago contigo –susurró Leticia antes de darle un beso que, esta vez sí, fue delicadamente dulce.

Entró en el parque como de puntillas.

Si hubiera podido, se habría disfrazado. De haber sido invierno, habría llevado abrigo y bufanda. De haber sido capaz de hacerse invisible, todo habría sido mejor. Pero no había forma de disimular nada, así que lo único que pudo hacer fue eso: actuar con cautela.

De árbol a árbol y tiro porque me toca.

No quería verla, tropezarse con ella, solo saber…

La gente era la misma de cuarenta y ocho horas antes. Niños y niñas, ancianos y ancianas, abuelos y abuelas, madres sin padres, padres sin madres, parejas arrullándose, solitarios con periódico y el resto de la fauna parqueril. Tal vez hacían los parques ya con ellos dentro, porque parecían formar parte de todo el entorno. ¿Cómo sería un parque vacío?

¿Y por qué se hacía preguntas tan estúpidas?

Nervios. Cuando estaba nervioso, su cabeza desvariaba.

Se orientó hacia el paseo en el que había estado dos tardes antes, y descubrió que no recordaba su ubicación exacta porque para algo sus pasos fueron tan imprecisos como carentes de rumbo. Se perdió, tuvo que retroceder y tomar otra desviación. En esta oportunidad lo hizo mejor. Reconoció un árbol en el recodo del camino y entonces actuó como todo un conspirador. Oculto por él se tranquilizó y sacó la cabeza por el lado que daba a la senda arbolada sin sol y con los bancos vacíos.

Solo que ya no estaban vacíos.

Había algunas parejas.

La otra tarde, ni un alma, y ahora…

La otra tarde, el mundo estaba vacío salvo por ellos dos. ¿Otro milagro? Lo de la reencarnación no tenía nada que ver con eso, seguro.

Daniela estaba allí.

Sentada en el mismo banco, como si le perteneciera o lo tuviera reservado, sola, con la cabeza gacha y los ojos hundidos en el suelo.

El cabello le tapaba la mitad del rostro, pero aun así vio su perfil, liviano, suave, como si pidiera perdón por herir el aire frente a su cara. Parecía muy seria, o muy triste. La distancia era relativa, pero ella se agigantó y se le hizo muy presente. Llevaba vaqueros y un fino jersey de color malva.

También llevaba el peso de sus emociones, invisibles pero muy reales.

La imagen de la tristeza.

–Joder –suspiró Cristóbal.

Fue como si Daniela le escuchara. Levantó la cabeza y miró en su dirección. Él se ocultó tras el grueso tronco del árbol y aplastó la espalda contra su protección. Entonces se encontró a un niño de unos cinco o seis años, a un par de metros, observándole con aire conspirador y el ceño fruncido. Las cejas le formaban una sola línea por encima de los ojos.

–¿*Tas* jugando *aspías*? –le soltó el enano.

No dijo nada. Daniela estaba a unos quince o veinte metros, así que era imposible que le viera o escuchara, pero se quedó mudo. Ni siquiera había captado del todo la pregunta del bicho.

–¡Fernandito, ven aquí y no molestes! –se escuchó una atiplada voz.

Su madre estaba sentada debajo de un árbol, leyendo con un ojo puesto en el libro y otro en su retoño, que parecía de los todoterreno capaces de cubrir los cien metros lisos en tiempo récord.

Cristóbal volvió a mirar.

Daniela continuaba tal cual, tras recuperar su primera posición, cabeza gacha, ojos hundidos en el suelo.

Cristóbal suspiró.

—¿A quién *aspías?* —insistió el niño.

—¿Te doy una patada en el culo, o te vas con tu madre tú solo? —le dijo en voz baja.

El enano se lo pensó. Su expresión no varió en absoluto.

Luego dio media vuelta y se fue buscando el amparo protector de la mujer.

Cristóbal ya no se arriesgó más, no solo por Daniela, sino por si el niño que estaba obsesionado con lo de los espías le contaba a su madre los expeditivos métodos que usaban los que jugaban a camuflarse. Se retiró a buen paso de la zona y no se sintió a salvo hasta llegar a la calle, al asfalto, a la ciudad, a los pocos metros de abandonar el parque.

Su cabeza no paraba de dar vueltas.

Capítulo tercero

La investigación

EL archivo del periódico no estaba precisamente microfilmado, como en las películas americanas, ni metido en un disquete de ordenador para su consulta rápida y limpia, sinónimo de progreso en el siglo XXI. Más bien era todo lo contrario. Los gruesos volúmenes ocupaban filas y filas de estanterías, y aunque por fuera estaban más o menos cuidados, el polvo se amontonaba en la parte superior de forma que, a los cinco minutos de estar pasando páginas, sus manos ya tenían una capa de negrura evidente.

Cristóbal concluyó el examen del primer tomo del año que le interesaba.

Veinte años antes.

Comenzó a pasar páginas del segundo.

Iba directamente a los sucesos, las noticias locales, las cosas de la vida. Pasaba de deportes, política nacional o internacional, espectáculos y demás. Iba bastante rápido, por un lado porque no encontraba ninguna noticia relativa a lo que le interesaba, y por otro porque en el fondo esperaba no encontrar nada.

Deseaba no encontrar nada.

Se detuvo en un suceso que le puso en tensión. El misterio de una chica desaparecida y de la que no tenían noticias desde hacía una semana. Comprendió que no tenía nada que ver y siguió pasando páginas. Un par de estudiantes más se encontraban en la sala, hojeando ejemplares de treinta años antes. El silencio solo quedaba roto por el siseo de las hojas al ser desplazadas de un lado a otro. Eran grandes, así que cada una se hacía oír, crujía entre sus dedos y al deslizarse a través del espacio de lado a lado del volumen.

Se sintió como si pasara el tiempo.

Todo aquello había sucedido. Cada periódico era la página de un día de la vida de muchas personas. Tal vez su padre o su madre hubiesen leído aquel mismo ejemplar veinte años antes. Había noticias de políticos que ya no existían, de películas que ni recordaba, de fichajes futboleros con sabor a nostalgia, de guerras perdidas que el mundo probablemente había olvidado, igual que a sus muertos. Y había fotografías, cientos de fotografías de seres humanos aprisionadas por la brevedad de aquella actualidad efímera. Las páginas tenían ya un suave color amarillento. El diseño, la maquetación, le resultaban antiguos.

Era la primera vez que hacía algo como aquello, y se le antojaba extraño.

–¿Realmente la creíste? –murmuró para sí mismo–. Estúpido idiota…

¿Qué estaba haciendo allí?

Además, con llamarla y preguntarle cuándo se suponía que había sucedido todo, acabaría de una vez. Mirar cada periódico era como buscar una aguja en un pajar.

¿Y si la noticia de la muerte de una simple chica no aparecía en ninguna parte? ¿Cuántas chicas debían de suicidarse en España cada año?

¿Cuántas... por amor, al día siguiente de la muerte de su novio?

Continuó pasando páginas y acabó el segundo volumen. Lo dejó en su sitio y agarró el tercero correspondiente al mismo año. Vuelta a empezar. Rápido las páginas que no interesaban y más despacio las que sí. Sus ojos leían los titulares de las noticias con inquietud. Un tipo de unos treinta años y con aspecto de detective privado, o al menos así lo pensó él, se metió en el archivo.

Páginas, páginas, páginas, días, días, días. Nada.

Hasta que se tropezó con el titular:

«UNA JOVEN MUERE POR AMOR».

Y debajo, dos titulares más pequeños:

«El suicidio tuvo lugar apenas 24 horas después de la muerte de su novio, víctima de una cruel enfermedad» y «El drama ha consternado por su intensidad emocional».

Allí estaban ellos dos.

Sus fotos.

Ángela Marsans tenía la cara redondita, los ojos vivos, el cabello muy corto y una sonrisa encantadora. En la fotografía daba la impresión de ser, o de sentirse muy feliz. No era más que una foto vulgar y corriente, que ella jamás imaginaría que un día aparecería en un periódico, y menos para ilustrar la noticia de su muerte, pero se la veía bien. Destilaba ternura, humanidad.

Ángela Marsans tenía cara de buena persona.

En la otra fotografía, Andrés Bussons no sonreía, estaba serio, probablemente porque era la clásica instantánea de carné o de pasaporte. Tenía una abundante mata de pelo, la nariz grande y el mentón cuadrado, aunque sin duda lo que más llamaba la atención eran sus ojos, de mirada directa e intensa. Puestas una al lado de la otra, casi se adivinaba por qué formaban una buena pareja, por qué se querían, por qué habían decidido...

Pero ni Ángela se parecía a Daniela, ni él a Andrés.

«Es el alma, el alma, no el cuerpo...».

Leyó la noticia con avidez, nervioso, sin darse cuenta de que ni respiraba. Tuvo que serenarse, acompasar de nuevo la respiración y volver a empezar, porque su mente no asimilaba nada. El choque con aquella realidad impensada había sido brutal.

«... la fatalidad que ha golpeado a estos jóvenes. Como unos Romeo y Julieta del presente, especialmente en lo que concierne a ella, la protagonista de esta triste historia no pudo soportar el dolor que le producía la pérdida del joven al que amaba. La soledad, el romanticismo, quizá esa inconsistencia de una edad dura y difícil en la que los sueños son quebradizos, desencadenaron la triste decisión que la llevó a la muerte. Andrés Bussons apenas llevaba muerto veinticuatro horas, después de una larga, lenta y cruel agonía de varias semanas, cuando Ángela Marsans prefirió la muerte a la soledad. Injusto, amargo, inesperado, pero tan evidente que...».

Levantó la cabeza del artículo. Toda una página. Entera.

Aquello había sido importante.

El corazón le iba a mil por hora, pero lo peor era la opresión en el pecho y el zumbido en la cabeza, igual que si la sangre se atropellara en su cerebro. El vértigo le había hurtado hasta el estómago, porque si aún lo tenía, estaba vacío.

–Dios... –gimió.

Tenía que levantarse y hacer una fotocopia de aquello, pero le fue imposible, al menos de momento. Pasó más páginas. En el ejemplar del día siguiente había más. El entierro de Ángela Marsans, algunas imágenes del gentío en el cementerio, declaraciones de algunas amigas de ella: «Era muy romántica», «No creímos que fuera a hacerlo, aunque dijo que sin amor no quería vivir», «Estaba muy enamorada de Andrés, era toda su vida»... También encontró una esquela con los nombres de los padres, el hermano y las hermanas de Ángela.

Pasó más páginas.

Y ya no vio nada más.

Fin.

Cristóbal apoyó la cabeza entre las manos y cerró los ojos. Aún no sabía si aquello era una pesadilla o algo más. No tenía ni idea de qué pensar. Y en cuanto a qué hacer...

–No pasa nada –se dijo.

Pero sí pasaba. Era un lío de mil demonios.

Alguien le esperaba cada tarde, en un banco de un parque, porque decía que había muerto por él y porque tenían una cita acordada veinte años antes, cuando ni siquiera habían nacido.

Alguien que decía recordar el pasado.

Un pasado que le involucraba de lleno a él.

Y pretender ignorar esto era tan necio y absurdo como creer en la historia de la reencarnación.

¿O no?

Había leído ya los artículos una docena de veces. Todos y cada uno de ellos. No solo los del primer periódico, también los de otros dos por cuyas editoras pudo pasar antes de que se le hiciera tarde. No había excesivas diferencias, aunque en el último, los comentarios eran más amplios. Compañeras de Ángela Marsans hablaban de ella, de lo buena estudiante que era, de lo buena amiga que era, de lo gran compañera que era. Loas por el ángel caído. Pero tenían visos de verosimilitud. ¿Por qué no? La fotografía de Ángela mostraba un rostro amable y dulce. Que hubiera amado hasta el punto de la locura era otra cosa.

¿Quién no está un poco zumbado?

En cambio, en el segundo de los periódicos apenas se hablaba del suicidio. Parecía una palabra maldita. Se trataba de disimular con otros calificativos menos duros. Recordaba haber leído algo al respecto en alguna parte, meses atrás. Le vino a la cabeza. En una edad en que los adolescentes son sensibles, en un momento en que todo llega a ser irreal para algunos y algunas, pero con mayor incidencia en las chicas, la idea de la muerte podía llegar a ser un macabro escape. Los periódicos, salvo en casos como aquel, tan noticiable, evitaban hablar de ese asunto. En las revistas o los libros destinados a la gente joven, también era tabú. Una estupidez, porque lo importante era decir: «Vive, la muerte no soluciona nada. Volverás a ser feliz, todo el mundo lo consigue, por increíble que te parezca ahora». Siempre era mejor un mensaje de esperanza a no dar mensaje alguno.

Los comentarios acerca de Ángela Marsans se repetían: «Estaba muy enamorada de Andrés», «Un amor en estado puro», «Nada le importaba más que él». Sus compañeras la ensalzaban por ello, no por su gesto.

En ninguna parte, como era de esperar, se hablaba de la reencarnación. Ninguna amiga decía: «Ángela se quitó la vida porque esperaba volver más adelante y reencontrarse con Andrés». Las razones del suicidio se mantenían ocultas. Amor y solo amor.

Leyó despacio los comentarios de un psicólogo y el editorial del tercer periódico acerca de la tragedia. Andrés Bussons aparecía únicamente como el detonante de la muerte de Ángela Marsans. Ella era la noticia. Lo de Andrés solo había sido una fatalidad. En ambos casos había más preguntas que respuestas. ¿Por qué una chica joven y llena de vida renuncia a todo? ¿Por amor? ¿Qué más bullía en la cabeza de la suicida? En treinta líneas se pretendía diseccionar a una generación, y no importaba que fuese la de veinte años atrás. Cristóbal pensó que no debían de existir apenas diferencias. Aquellos comentarios eran fácilmente aplicables al presente.

Anotó los nombres que aparecían en la esquela. Los de los familiares directos de Ángela Marsans. Padre, madre, tres hijas y un hijo. Después se quedó mirando una vez más aquellas dos fotografías.

¿Cargaba con el alma de Andrés Bussons?

Se estremeció.

Prefería no recordar nada. Si su alma llevaba ya una docena de reencarnaciones, prefería una y mil veces no saber qué o quién había sido en el pasado. Mejor no saberlo.

Salvo por Daniela.

Ella era real, estaba presente. Algo no funcionaba…, o todo lo contrario: había funcionado. Al menos en su caso.

Se abrió la puerta de su habitación después de un leve, levísimo toque en la madera. Su hermana Elena no era de las que esperaban una invitación. No le dio tiempo ni a decir la «A» de «Adelante» o la «P» de «Pasa», aunque sí de disimular las fotocopias de los periódicos. Apareció en el quicio, dispuesta para salir a cenar con alguno de los que solían llamarla, discretamente elegante.

–Cristóbal, ¿tienes dinero suelto?

–Mil y pico.

Elena reparó inmediatamente en su cara.

–¿Qué te pasa?

–Nada –fingió indiferencia él.

–Estás blanco.

–Pues no me pasa nada.

Su hermana entró y cerró la puerta para que nadie los oyera.

–¿Seguro que estás bien? –insistió.

–¡Que sí!

Ella se cruzó de brazos y apoyó la espalda en la puerta que acababa de cerrar.

–Mira, si es por la pava esa de Leticia, te diré algo: no vale la pena.

–¡Joder! –se enfadó Cristóbal–. ¿Me meto yo con tus pavos?

–Yo tengo veinticuatro años y sé manejarlos.

–Ah, ¿y yo no?

–Yo solo te digo que tengas cuidado. Es una depredadora.

–¿No querías dinero? –Cristóbal le dio todo el suelto que había dejado sobre la mesa de su habitación, sin contarlo–. Te repito que no me pasa nada, y deja en paz a Leticia.

–No quiero verte hecho polvo por una tía como esa.

–¡Elena! –se enfadó aún más.

Su hermana elevó las dos manos a la altura de los hombros, como diciendo «Me callo, me callo», y se retiró a mayor velocidad de la que había entrado. La puerta se cerró y Cristóbal volvió a quedar solo.

Ahora, encima, cabreado.

En el listín telefónico había catorce Marsans y nueve Bussons, pero en ambos casos, solo uno de los nombres coincidía con el segundo apellido y las iniciales de los padres de Ángela y Andrés, respectivamente. Anotó las dos direcciones y se alegró de no tener que llamar uno por uno a cada candidato. No habría sabido qué decirles. ¿Cómo se remueven las cenizas de un fuego acaecido veinte años antes?

Devolvió el listín telefónico a su lugar y al pasar por la puerta de la salita vio a su padre leyendo un libro. Estaba muy quieto, en silencio y, lo que era más importante, a solas. No se lo pensó dos veces y entró. Su padre alzó un ojo al ver que se detenía al otro lado del libro.

–¿Qué hay? –dejó de leer.

–¿Te gusta?

–Mucho.

En su casa todos leían, pero su padre devoraba los libros. Era una máquina.

–El otro día le pregunté algo a mamá y no quiso contestarme –fue directo al grano para no parecer nervioso o para que su padre no creyera que realmente estaba preocupado por ello–. A lo mejor tú...

Cerró el libro automáticamente, tras hacer una señal en la página en la que se encontraba, y lo depositó en su regazo.

–¿De qué se trata?

–¿Queríais que naciera?

–¿Cómo? –el hombre abrió los ojos.

–Quiero decir si fuisteis por mí conscientemente, o si mamá se quedó embarazada sin esperarlo.

–¿Por qué quieres saberlo?

–Curiosidad.

–Ya.

–De verdad.

Su padre se quedó mirándole fijamente. Tenían unas normas no escritas. Una de ellas era la que afectaba a la sinceridad. Se tapó el labio superior con el inferior y asintió con la cabeza.

–Todo el mundo llega inesperadamente, hijo –acabó confesando–. Buscar descendencia o encontrarte con ella no cambia mucho las cosas.

–Fuisteis por Elena, lo he oído decir.

–Llevábamos dos años casados y pensamos que era el momento.

–¿También en mi caso era el momento?

El hombre se lo dijo:

–No, tú apareciste de forma inesperada, pero queríamos tener otro hijo. Ya sabes, la parejita.

–Tardasteis cinco años.

–¿A qué viene esto, Cristóbal? –su tono era de curiosidad, no de seriedad o preocupación.

–A nada.

–Tú no eres de los que preguntan por preguntar.

El muchacho se encogió de hombros.

–Solo quería saberlo –insistió.

–Cuando le das vueltas a la cabeza por algo, eres temible –puso el dedo en la llaga el hombre–. No quiero que ahora vayas a pensar que eres «un hijo no deseado» o algo así –dijo la frase con retintín–. Dime la verdad, como yo acabo de hacer, y seguiremos hablando. Te contaré el resto.

Cristóbal se rindió:

–Me han hablado de la reencarnación.

–¿La reencarnación? –repitió su padre, sorprendido.

–No sé si tiene algo que ver con lo de nacer de una forma o de otra, ¿entiendes?

–Por lo que yo sé, no guarda ninguna relación.

–¿Cómo nací?

–Tu madre y yo queríamos otro hijo, eso seguro. Es cierto que no nos dimos cuenta, que dejamos pasar el tiempo y, entre líos de trabajo y problemas, hacía ya cuatro años que había nacido Elena. En cualquier caso, ya no importa.

La mayoría de los hijos se presentan cuando les da la gana. No es una ciencia matemática eso de decir: «Vamos a hacer uno». Pero sí puedo decirte algo: en primer lugar, tú tenías ganas de salir cuanto antes; y en segundo lugar, también tenías muchas ganas de vivir.

–¿Por lo de ser sietemesino?

–Sí. A los siete meses…, ¡zas!, tu madre de parto. No podíamos ni creerlo. Tenías que haber nacido a comienzos de febrero y te adelantaste dos meses. Naturalmente, eras tan poquita cosa que casi te perdemos. Te pasaste en la incubadora un buen tiempo –a su padre, los recuerdos y la nostalgia le hicieron dulcificar la expresión–. Por eso te he dicho que tenías ganas de vivir. Estuviste a punto de ceder dos o tres veces, pero resististe. Los médicos nos lo dijeron: es un luchador; quiere vivir, y vivirá. Así que ya ves.

Conocía la historia, pero ahora tenía una nueva dimensión para él. Antes no era capaz de verla en profundidad, de asimilarla. Vivir o morir eran palabras abstractas. De pronto adquirían sentido.

–¿Por qué mamá no quiso decírmelo?

–Ya te lo he dicho yo: porque a veces eres un comecocos.

–No es verdad –sonrió Cristóbal.

–Oh, sí lo eres. Y de aúpa. Le sacas punta a todo y le das la vuelta a lo que haga falta.

–Jo, pues vaya fama –se rió de sí mismo, pero acusando el golpe por debajo de la línea de flotación.

–Cristóbal –le detuvo su padre, al ver que se disponía a retirarse–: La reencarnación es una creencia exótica, y esto es España, Europa, Occidente. Espero que no tengas influencias raras.

–Tranquilo, no me haré budista ni me iré a la India.

–Por si acaso.

Ya no hubo más. Abandonó la salita y regresó a su habitación.

Aún no conocía a la madre de Leticia. Ni ganas. Odiaba los rollos formales, pero cada vez que la llamaba se sentía como si hablase con un sargento de la guardia civil. Ni una emoción, ni una frase de aliento, nada que denotara un deje de humanidad. ¿Y por qué no se ponía ella directamente al teléfono? En casa, cuando sonaba el timbre, Elena era capaz de hacer los cien metros lisos en tiempo récord con tal de descolgar ella. Siempre había sido así. Pero Leticia no corría por nada.

—¿Está Leticia?

—Un momento.

Ninguna pregunta, ningún «¿de parte de quién?». Ninguna curiosidad. ¿Llamaban muchos, o qué? Esperó casi un minuto. Reloj en mano fueron cincuenta y dos segundos. La voz de Leticia apareció de pronto, como surgida de la nada.

—¿Sí?

—Hola.

—Ah, hola, ¿dónde estás?

—En mi casa.

—Te noto agobiado.

No es que fuese algo gratuito. Su tono era precisamente de agobio total. Sonaba incluso lúgubre.

—Ando un poco liado, la verdad —confesó. Y luego improvisó—: Tengo un par de exámenes de lo más chungo en perspectiva.

—Ya te dije que te preocupabas demasiado.

—No quiero pasarme el verano estudiando.

—O sea, que esta tarde no te veo.

—Ni mañana.

—¿Qué tienes que hacer, investigar o darte una vuelta por el Caribe?

—Ir a pedirle unos apuntes a uno, fotocopiarlos... Ya sabes.

—No, no sé.

—Vamos, mujer. Qué más querría yo que estar contigo.

—Estás tú muy misterioso desde hace tres o cuatro días.

—¿Yo? —se puso un poco pálido. Le costaba mentir—. Lo que faltaba...

—Que te conozco, amigo —cantó con un deje amenazador ella.

—¿Qué pasa, tengo cara de pardillo o qué? ¡Todo el mundo me conoce!

—No te enfades, que era una broma. ¡Huy, qué pasado de vueltas estás! A ti te va a dar algo, ¿eh? ¿Te pones siempre así cuando hay exámenes, o es cosa de la primavera?

—Son los exámenes —repitió—. Antes no tenía novia.

Imaginó enseguida por qué ella no decía nada, porque se había quedado cortada. La palabra «novia». Se mordió el labio inferior a la espera de las oportunas reconvenciones. Pero no se produjeron. El silencio incluso fue más breve de lo esperado.

—Bueno, mira —dijo Leticia—: Así mañana aprovecharé para salir con Marta. Ya hace un par de semanas que no sé nada de ella, y siempre me está pidiendo que la acompañe a no sé dónde, pero como tenía «novio»... —lo dijo acentuando todas y cada una de las letras, hasta las consonantes.

Cristóbal también eludió entrar al trapo con el matiz.

—¿Marta? Genial. Espero que no me ponga a parir demasiado.

—Pero si le caes bien, tonto.

—¡Oh, sí!

–Y aunque te pusiera de vuelta y media, ¿qué pasa? ¿Crees que yo no te defendería?

–¿Lo harías?

–Si se mete contigo, indirectamente se mete conmigo. Ataca mi buen gusto.

–Me habría gustado veros a las dos juntas cuando ibais «de caza».

–No íbamos «de caza».

–Empleo tus mismas palabras. Dijiste que salíais en plan desmadre, «de caza», arrasando.

–Bueno, vale, Marta es muy loca –concedió Leticia–. Supongo que me echa de menos, aunque hace lo mismo yendo sola.

–¿Los colecciona, o qué?

–Mira, mi madre dice que no te das cuenta y ya tienes cincuenta años y eres abuela. Todo lo que no se haga ahora…

Era una buena discusión, aunque fuera por teléfono.

–O sea, que…

No pudo ni acabar la frase. Se escuchó una voz al otro lado del hilo telefónico, lejana y molesta. La palabra «comida» sonó nítida entre dos o tres más. Aquello sí que era una madre. Todas sonaban igual cuando perdían los nervios o se les acababa la paciencia. Leticia se apresuró a despedirse:

–Tengo que irme a comer, lo siento.

–Te llamaré…

–¡Chao!

La línea quedó interrumpida.

Cristóbal colgó el auricular, cortado. Pensaba en su siguiente paso cuando el objeto de sus pensamientos inmediatos apareció frente a él. Su hermana iba a llamar por teléfono.

–Elena, ¿me harías un favor?

–¿Qué clase de favor? –se puso en guardia ella.

–Uno muy grande y muy importante.

–*How much,* chaval –lo dijo en un inglés chapucero. Sonó «jou mach».

–Necesito tu moto mañana.

–No.

–¡Bah, mujer!

–¿Estás borde y encima quieres la moto?

–Yo no estoy borde.

Elena se plantó delante de él, con los brazos cruzados y una mirada escéptica colgada de los ojos.

–¿Algún problema?

–No, pero tengo que moverme por dos o tres sitios y así ganaría tiempo.

–¿Algo que deba saber? –insistió su hermana mayor.

Siempre le habían protegido. Todos. Se daba perfecta cuenta ahora, cuando ya era demasiado tarde. En el colegio, su hermana le había aporreado la nariz a más de uno por meterse con él. Eran los «beneficios» de llegar el último y descolgado.

–No pasa nada, solo necesito recorrer distancias largas y en poco tiempo –trató de parecer normal.

–¿Es por ella? –Elena hizo una seña en dirección al teléfono.

–¡No!

–Sabes que puedes confiar en mí, ¿verdad?

–¡Bueno!, ¿me dejas la moto o no?

Sabía que ella le diría que sí. Pero le gustaba hacerse de rogar. Por si algún día tenía que recordárselo.

Elena tenía el ceño fruncido.

–De acuerdo, llévatela –accedió–. Pero…

–Tendré cuidado, descuida –la detuvo Cristóbal.

Y lo tendría, porque como le hiciera un solo rasguño a la maravilla cósmica que era la espléndida y petardeante 49 c.c. de Elena…

Cuando iba a llamar al timbre de la puerta, se detuvo en seco.

Ni siquiera sabía qué decir, y aún menos qué cara poner.

«Mire, vengo a hablarles de su hijo Andrés, el que murió hace veinte años».

¿Con qué excusa? No podía haberle conocido. No tenía un solo argumento. No era más que un chico, de la misma edad del fallecido entonces, que quería saber…

La mano bajó despacio.

Se quedó mirando la puerta, en la penumbra del rellano. Había tenido suerte en la de la calle, porque entraba una vecina y se coló dentro, sin necesidad de llamar a través del portero automático. Pero ahora se sentía muy cobarde, nervioso, con una inquietud que iba en aumento, igual que una bola de nieve deslizándose montaña abajo.

Si los padres de Andrés Bussons seguían viviendo allí, aquella había sido la casa del chico muerto cuatro lustros antes.

Miró la puerta, aspiró los olores, dejó que las sensaciones penetraran en él.

Nada.

Nunca había estado allí, y si lo hizo en otra vida… Nada de nada.

Volvió a levantar la mano al escuchar un ruido quedo al otro lado de la puerta. Temió que esta fuera a abrirse y acabara tropezándose cara a cara con quien fuera a salir. Ya no se lo pensó más. Pulsó el timbre.

Un timbre viejo que hizo «riiiiing» al fondo del piso.

Contuvo la respiración y esperó. No sabía nada de los Bussons. Los periódicos hablaban solo de la chica suicida. Pero nada del fallecido a causa de una enfermedad terminal, salvo lo imprescindible. Ignoraba si tenía hermanos y hermanas.

Veinte años eran mucho tiempo, toda una vida.

Toda su vida.

La puerta se abrió casi de inmediato y por el quicio apareció una mujer de unos cuarenta años. Llevaba un delantal y sostenía el palo de una escoba. La luz que procedía del recibidor le impidió apreciar los detalles, porque incidía a espaldas de ella. En cambio, él quedó iluminado por su resplandor.

–¿Qué desea? –escuchó su voz.

Le hablaba de usted. Algo era algo. La mayoría de las personas que abren puertas a desconocidos les tratan de muy malos modos, y siendo joven, peor.

–¿Los señores Bussons?

–La señora –rectificó ella–. ¿De parte de quién?

–Me llamo Cristóbal Ramis.

No le preguntó nada más. Ni qué quería ni de dónde salía. Eso le hizo llegar a la conclusión de que era la asistenta, la mujer de la limpieza. Había preguntado lo de «los señores Bussons» de forma bastante imprecisa, dando amplitud al asunto para cubrir todas las posibles alternativas. Ahora no sabía si, dada la hora, el señor Bussons no estaba en casa, o si por el contrario la señora ya era viuda.

–Pase, por favor –le invitó la mujer.

La obedeció. La asistenta cerró la puerta y le precedió apenas tres pasos. Junto al recibidor del piso había una salita. La mujer encendió la luz, porque todo estaba en penumbras y por la antigüedad del piso allí no había ventanas que dieran al exterior, y le invitó a entrar. Cristóbal se encontró en una vetusta pieza abigarrada de muebles antiguos, solemnes, con dos butacas al fondo y un piano en la parte izquierda. En las paredes, los cuadros menudeaban tanto como sobre el piano o en la mesita ubicada entre las dos butacas. No se sentó. No pudo. Se quedó de pie en medio de la salita, mirando las fotos.

Absorto.

No reconoció a las personas mayores que aparecían en ellas, pero el resto eran de Andrés Bussons, sin lugar a dudas. Un Andrés Bussons niño, adolescente y joven. Hasta ahí llegaban. Se detenían en aquella frontera en que la vida y la muerte se habían aliado para llevárselo. Sus rasgos eran inconfundibles; los mismos del periódico.

Tragó saliva.

Debía de haberse vuelto loco.

¿Qué demonios estaba haciendo allí?

Un ruido a su espalda le hizo regresar a la realidad. Volvió la cabeza justo a tiempo de ver entrar por la puerta de la salita a una mujer de unos sesenta y cinco años, que cojeaba al andar y se apoyaba en un bastón. Vestía de forma correcta, trasnochadamente elegante, y parecía sacada de un camafeo de muchos años antes, de cuando existían camafeos con retratos de ancianas de cabello blanco y rostro tan grave como el suyo.

Si la mirada de Cristóbal fue de pasmo y recelo, la de la mujer fue de extrañeza y cautela.

–¿La señora Bussons? –se apresuró a decir él.

Le tendió una mano que ella estrechó débilmente.

–Sí.

–¿Usted era la madre de… Andrés Bussons?

Fue una mirada gélida, larga. Lo único que se movió en ella fue una crispación delatora muy al fondo de sus pupilas. Un chispazo. La respuesta se prolongó por espacio de tres o cuatro segundos.

–Sí –aceptó.

–Sé que le parecerá extraño que esté aquí –buscó la forma de hablar Cristóbal.

–Mucho –asintió la dueña de la casa–. ¿Quién eres?

–Me llamo Cristóbal y…

–¿Qué edad tienes? –le detuvo.

–Diecinueve años.

La señora Bussons tuvo un leve, casi imperceptible estremecimiento. Sus ojos chispearon.

–No entiendo –musitó.

–Tal vez no debería estar aquí –reconoció él.

–Mi hijo murió hace veinte años.

–Estoy haciendo un trabajo en la facultad de periodismo –empleó la excusa más plausible–. El caso de su hijo es muy conocido, y me gustaría escribir sobre él y Ángela Marsans. Solo quería que usted me hablara de Andrés.

Pudo contar cada uno de los siguientes segundos.

De hecho lo hizo.

Diez.

Diez segundos de silencio, de opresión, de inmovilidad, de callados gritos, de miedo convertido en enormes deseos de no haber hecho aquello, aunque supiese que volvería a hacerlo vida tras vida.

–Por favor, vete.

La voz de la señora Bussons tenía el peso de una derrota, o más aún, el de una carga muy pesada albergada sobre los hombros, la razón, la memoria.

–Yo…

–Por favor.

Se apartó de la puerta de la salita para permitirle el paso. La asistenta también estaba allí, al otro lado, en el pasillo, tal vez escuchando o tal vez barriendo, porque seguía con el palo de la escoba en la mano. Cristóbal pasó junto a la dueña de la casa, recibió el perfume añejo de su colonia mezclado con el de la ancianidad, y abrió la puerta del piso él mismo.

Miró hacia atrás para cerrarla.

–Lo siento –dijo–. No pretendía causar problemas.

La señora Bussons era una estatua de sal.

Cerró la puerta con cuidado y echó a andar escaleras abajo.

Llevaba cinco minutos sentado sobre la moto de Elena. Primero, no había tenido fuerzas para arrancar y largarse a cien por hora, a pesar de querer estar muy lejos de allí. Sus piernas eran de algodón, y el cuerpo le pesaba mucho. Segundo, al recuperar la estabilidad emocional, apenas se dio cuenta de que esos cinco minutos transcurrían tan rápido.

Si Daniela tenía razón, esa mujer había sido su madre... en su vida anterior, y aquella, su casa.

Su calle, su barrio, su mundo.

Y seguía a oscuras.

Fue al reaccionar, al ir a poner la moto en marcha para continuar con su búsqueda, cuando reparó en que no estaba solo.

La asistenta de la escoba, vestida de calle, estaba a su lado, recién salida por el portal del edificio.

Pensó que iba a echarle la bronca, pero no fue así. La mujer no parecía la misma que en el piso.

—Tienes que comprenderla —fue lo primero que le dijo, ahora tuteándole.

—No creía que después de tantos años...

—Se ha puesto muy nerviosa. Aquello fue espantoso, terrible. Nadie sabe lo que es perder un hijo. Te quedas afectado para los restos.

—Pero como fue un caso tan famoso, quería escribir acerca de él —Cristóbal vio un resquicio—. ¿Usted ya estaba entonces con la señora Bussons?

—No, pero conozco toda la historia —lo dijo casi con orgullo.

—¿Cuánto lleva con ella?

–Desde su accidente, hace cuatro años.

–¿Qué accidente?

–¿No has visto que cojeaba? Se cayó y se rompió la pelvis. A veces creo que tiene mala suerte. Todas las cosas terribles le han pasado siempre a ella, la pobre.

–¿Está sola?

–Completamente –lo expresó en términos rotundos–. Andrés era su único hijo. Aquella enfermedad no solo le mató a él, sino también a sus padres. Ya no fueron los mismos, me lo han contado aquí y allá –señaló el barrio entero–. Su marido murió hace siete años.

–¿Sabe también lo que le pasó a la novia de Andrés?

–¿Que se suicidó? Sí. Pobrecilla –elevó los ojos al cielo–. Tenía que estar loca.

–Usted no sabe nada de cómo era Andrés, ¿verdad?

–No, nada.

–Pero la señora Bussons debe de haberle contado alguna cosa…, qué pensaba, cómo era, en qué creía.

–Solo lo natural, que era un chico estupendo, lleno de vida, muy buena persona, con un gran futuro… Lo típico –hizo un gesto vago que podía significar cualquier cosa–. Lo tiene en un pedestal y no hay día que no le llore.

Era un camino sin salida.

–Gracias por contármelo –dijo él.

–Voy a la farmacia –recordó de pronto la asistenta–. Se ha puesto tan nerviosa que…

–¿Por mi culpa?

–Sí, claro.

Eso le hizo sentirse aún peor.

–No podía imaginar que después de tantos años… –repitió lo primero que había dicho al aparecer la mujer.

–Tranquilo –sonrió ella–. Solo son los nervios. Y no tenía estas gotas –le mostró un pequeño frasco vacío que llevaba en la palma de la mano–. No pasa nada, aunque reconozco que hacía mucho tiempo que no la veía tan alterada.

–Gracias por contarme todo esto –mostró una débil sonrisa.

–Todos seremos viejos un día –se encogió de hombros ella.

Cristóbal no supo a ciencia cierta por qué lo había dicho, pero, después de todo, era una verdad como un templo.

La vio alejarse rumbo a la farmacia y él puso la moto en marcha para dirigirse a su segunda cita.

Probablemente aún peor que la primera.

La casa donde residían los Marsans no solo no se diferenciaba mucho del edificio de los Bussons, sino que estaba relativamente cerca, en el mismo barrio. Era un bloque de pisos de cincuenta años de antigüedad, monolítico y feo, que necesitaba reformas urgentes o el día menos pensado se caería uno de los deteriorados balconcitos y le abriría la cabeza a alguien.

Cristóbal se quedó mirándolo con aprensión.

Después de lo sucedido con la señora Bussons, tratar de hablar con los padres de Ángela Marsans…

Se sintió en blanco.

Hasta que vio a una mujer limpiando el vestíbulo de entrada. También ella llevaba una escoba entre las manos. Dedujo que era la portera del inmueble y tuvo una idea.

Según las crónicas, en el momento de su muerte, Ángela Marsans tenía cuatro hermanos, un chico y tres chicas: Marcelino, Petra, Eugenia y Victoria. Las edades, veinte años antes, eran respectivamente dos, cuatro, siete y trece años menores que la de su hermana fallecida, que era la mayor. Si entonces esas edades eran dieciséis, catorce, once y cinco años, ahora, en el presente, debían de tener treinta y seis, treinta y cuatro, treinta y uno y veinticinco. Tal vez estuviesen ya casados y viviendo en otra parte. Por lo menos tres de ellos.

La hija que ahora tenía veinticinco años, en cambio...

Giró la cabeza buscando algo y se alegró de tener, por lo menos, un poco de suerte. En la esquina vio una papelería-librería. Se dirigió a ella y compró un sobre acolchado, de tamaño medio. Al salir a la calle escribió con letra grande y clara: «Victoria Marsans», y después la dirección. Regresó al edificio. La portera estaba barriendo con mucha energía los últimos reductos en donde el polvo se había hecho fuerte. Discutía con el enemigo.

–A mí con... agujeros y... grietas... Vais a ver...

Esperó a que concluyera la batalla. El desenlace se precipitó en menos de diez segundos. La portera se enderezó agitada, pero con cara de satisfacción. Entonces se lo encontró. Por experiencia, Cristóbal sabía que había dos clases de porteros o conserjes: los simpáticos y los furiosos. Los primeros sonreían y recordaban que estaban allí para ayudar a los demás, para hacer la vida mejor a los residentes y facilitar las cosas a los visitantes. Los segundos creían que el edificio les pertenecía, y la escalera o el ascensor eran reservas naturales que proteger de la depredación de los intrusos. Por fortuna, se encontró con una sonrisa, así que se alegró de comprobar que la mujer era del primer bloque.

–¿Sí, joven?

–Traía un sobre para Victoria Marsans, pero me han dicho que no lo ponga en el buzón, que se lo dé en mano.

–¿Vicky? –lo dijo en tono cantarín–. ¡Huy, hijo, pero si ya no vive aquí!

Se había equivocado. Victoria Marsans, pese a tener veinticinco años, era de las independientes.

Igual estaba estudiando en Estados Unidos.

–Pues menudo contratiempo –suspiró sin saber qué hacer.

–¿Quieres que les dé eso a sus padres para que se lo entreguen a ella?

–No, debo dárselo en mano, y como me han dado estas señas...

–Es que se marchó hace solo dos meses –le aclaró la mujer–. Aún le envían cartas aquí. De todas formas, vive muy cerca –le guiñó un ojo cómplice–, así que está sola, pero tiene cerca «los servicios familiares».

Se abría la puerta de la esperanza.

–¿Sabe la dirección?

–No, no la sé, pero no tienes pérdida. Ven.

Dejó la escoba, el recogedor y el cubo donde estaban y lo acompañó hasta la calle. Salieron y la mujer señaló con un dedo hacia la izquierda.

–¿Ves esa calle? Pues tú baja por ella, y la primera a la izquierda paralela a esa es donde vive Vicky. No sé el número, pero es antes de llegar a la primera esquina yendo por la derecha. Al lado hay una panadería. No tienes pérdida. Su madre me ha dicho que, a veces, cuando va a comprar el pan, sube a verla; por eso lo sé.

–Ha sido muy amable.

–Nada, hombre.

La portera regresó al campo de batalla de su limpieza. Cristóbal miró la moto sin saber qué hacer. La calle por la que tenía que bajar era de dirección prohibida para los vehículos, y a lo peor se liaba. Ya era bastante tarde, había perdido dos clases. Y con los exámenes encima no era cuestión de tentar su suerte.

Dejó la moto donde estaba y se fue a pie.

EL edificio era muy viejo, viejísimo, estrecho, sucio y deprimente. Un residuo vecinal. Allí no había portera. Por no haber, ni siquiera había una puerta en condiciones, porque la cerradura estaba rota. Entró y miró los buzones de correos. Victoria Marsans y Rosa Leite vivían en el ático, o por lo menos en el último piso. Los buzones rezumaban publicidad, y también la había por el suelo, caída de las ciegas bocas o arrojada indiscriminadamente por los repartidores, felices de descargar cuanto antes y hacer su recorrido en la mayor brevedad de tiempo posible. Cristóbal dejó encima de los buzones el sobre vacío con el nombre y la dirección de la hermana pequeña de Ángela Marsans. Ya no le hacía falta. Lo recogería al bajar.

La escalera, sin ascensor, olía a sofrito. Cada rincón, cada pequeña revuelta, tenía además su propio aroma, según el vecino o la vecina que le tocara más cerca. Era muy oscura, pequeña y lóbrega. Pero aun así, pensó que para alguien que acaba de irse de casa de sus padres y disfruta de su primera independencia, aquello debía de parecer un palacio.

A él se lo habría parecido.

Se detuvo en la última puerta. Estaba pintada de rojo violento y eso la diferenciaba del resto. Se oía una música *techno* al otro lado y, por un momento, pensó en un posible arrebato de suerte. Llamó una vez.

Tuvo que hacer otros dos intentos.

De no ser por la música, se habría marchado. Pero allí había alguien.

La puerta se abrió tras la tercera llamada. Una chica de unos veintipocos años, envuelta de pies a cabeza en una toalla, apareció en el umbral. Era una preciosidad, aunque no estuviese en su mejor momento. Se le notaba que salía de la ducha.

Y eso era empezar con mal pie, con muy mal pie.

–¡Oh, vaya! –gimió ella al verle.

–Perdona... –dijo él, aturdido por la imagen y el sentido de culpa.

–¡Pasa, pasa! ¡Salgo enseguida!

No le dio tiempo a más. La chica retrocedió de golpe y echó a correr dejándolo solo. Bueno, en realidad aquello era tan pequeño que echar a correr significó dar apenas tres pasos antes de meterse en una puerta que cerró a continuación. Cristóbal no tuvo más remedio que entrar.

Era un mini piso, o un apartamento pequeño, desordenado y caótico, pero tenía sabor, detalles, armonía. Un placer. La música provenía de una minicadena ubicada en la sala-comedor, con una cocina adosada allí mismo. Había dos puertas abiertas, y por cada una vio una cama de matrimonio y el mismo desorden que en el resto. Por el lado de la cocina, el conjunto se comunicaba con un patio vecinal desde cuya ventana se veían (y se tocaban) las intimidades del conjunto.

No supo si sentarse o no, así que prefirió quedarse de pie.

No era más que un intruso.

El *compact* que sonaba se terminó antes de que apareciera de nuevo la chica de la toalla. Fueron dos canciones y media. Alrededor de ocho minutos. Finalmente se abrió la puerta de lo que debía de ser el cuarto de baño y la chica reapareció. Llevaba unos pantaloncitos muy cortos que dejaban ver sus largas piernas, un top superajustado en torno a un pecho minúsculo, y el resto era carne y piel, delgadez extrema, pero también un rostro delicioso a lo Winona Ryder orlado por una risueña mata de pelo verde.

Muy verde.

–Oye, perdona, es que me has pillado... –comenzó a decir.

–No, perdona tú. No sabía que era tan mal momento.

–Bueno, no pasa nada –se encogió de hombros–. ¿Eres Juan?

–No, me llamo Cristóbal.

–¿Cristóbal? Ella me dijo que te llamabas Juan.

–Juan será Juan, pero yo soy Cristóbal. ¿Eres Victoria?

–No, soy Rosa.

Comenzaba a aclararse el diálogo para besugos.

–Entiendo.

–Sí, yo también –dijo Rosa–, porque me aseguró que eras joven, pero tanto... Bueno, quiero decir que Juan es joven. En fin, da igual. ¿Qué quieres?

–Hablar con Victoria.

–¿Dices que te llamas Cristóbal?

–Sí.

–Nunca me ha dicho nada de ti.

–Es que no me conoce.

–Oh, será por eso.

Desde luego, lo era. La chica del pelo verde y los pies descalzos era original.

–¿A qué hora estará por aquí? –peguntó Cristóbal.

–Llega a eso de las ocho o las nueve, si viene.

–¿Cómo que si viene?

–Pues que a veces llega a las diez o las once.

–Y si no, a las doce o la una –agregó él.

–Pues mira, si se enrolla con alguien, sí.

–Fantástico.

Rosa plegó los labios. Ya estaba todo dicho. Era el momento de la retirada.

–Volveré, ¿de acuerdo?

–Por mí... ¿Le doy algún recado?

–No, no. Es algo... privado.

–Vale.

Lo acompañó a la puerta y se quedó en ella mientras le veía salir. Le despidió con una sonrisa nacarada por una doble fila de blancos dientes. Olía muy bien. Recién salida del baño.

–Chao –dijo.

–Hasta luego.

La puerta se cerró. Como en un eco difuso, Cristóbal escuchó una palabra. Una sola palabra:

–Monín.

Sonrió y bajó la escalera. Era hora de regresar a la universidad, así que nada más llegar a la calle apretó el paso, fue por su moto y la puso en marcha. Miró el edificio donde vivían los Marsans y, como antes en casa de los Bussons, no encontró nada familiar. Nada en absoluto. Si su alma había estado allí con Ángela veinte años antes, no recordaba nada.

El vacío absoluto.

Se alejó de allí con la cabeza aún inmersa en sus pensamientos, hasta que un coche frenó, casi se empotró encima de él y tuvo que preocuparse por el tráfico.

LLEGÓ prácticamente al final de la tercera clase y apenas pudo hacer un testimonial acto de presencia. Salió lamentando su mala suerte, aunque de todas formas no se sentía especialmente culpable por lo que acababa de llevar a cabo. Cada tarde, Daniela se iba a un parque, se sentaba en un banco y le esperaba. Loca o no, lo hacía. Y la historia era verdadera. Andrés y Ángela habían existido. Cuanto antes despejara las incógnitas, mejor.

Porque lo que estaba claro era que no podía vivir con aquella duda en la mente. Ya no.

–¡Balín!

Sin darse cuenta, se encontró con Santiago encima.

–Pero bueno, tío, ¿qué te pasa? Vas a perder alguna asignatura, ¿vale?

–No pasa nada. Tenía algo que hacer.

–¡Venga ya, no te enrolles!

–Pues bueno.

–Ostra, que eres una ostra –le reprochó su amigo, al tiempo que le empujaba pasándole un brazo por encima de los hombros.

–Yo no soy una ostra –protestó.

–No te abres ni con un abrelatas, don Secretos.

–¡Que no pasa nada, joder! –se enfadó más de la cuenta.

–¡Eh, eh! –Santiago le liberó del abrazo y se apartó un palmo–. Oye, que a mí, como si te haces monje.

–Si es que es una chorrada –suspiró Cristóbal.

Si algo era, desde luego, no se trataba de una chorrada.

–¿Tiene que ver con Leti?

–No.

–¿Seguro?

Todos decían que no encajaban: su hermana, Santiago…, y estaba harto. ¿Qué sabían ellos? Antes de Leticia era un chico solitario, tímido, inseguro. Desde que salían juntos, por lo menos, veía las estrellas, tocaba el cielo con las manos y se reía más. Leticia era un peso pesado sentimental, y él un pozo sin fondo necesitado de amor, cariño, afecto.

A veces una simple caricia, o un beso.

–Santiago, cuando no tenía novia me dabas la paliza diciéndome que me hacía falta. Y ahora que la tengo, me dices que no es mi tipo. ¿En qué quedamos?

–Es que no te conviene –manifestó su amigo–. Como te cuelgues con ella, lo pasarás mal. Tú necesitas algo mejor, más delicado, más etéreo, más…

–¡Vete a cagar!, ¿quieres?

Echó a andar en dirección a la biblioteca y dejó a Santiago solo y desconcertado.

–¡Venga, tío! –lo llamó Santiago.

No se volvió. De hecho, se olvidó de él a los dos pasos, pese a su incomodidad, porque vio a unos metros de distancia al profesor Ramírez. Tenía intención de hablar con él, y aquel era un momento tan bueno como otro cualquiera.

–¡Profesor Ramírez! –lo llamó.

El docente se detuvo al oír su nombre. Vio a Cristóbal y esperó a que lo alcanzara. Era un hombre de unos cincuenta años, calvo por arriba pero con el cabello muy largo por detrás. Lo consideraban una de las mentes más claras y profundas de por allí, aunque para algunos era un tipo raro debido a sus antecedentes.

Justo los antecedentes que Cristóbal necesitaba.

–¿Qué tal, Ramis? –lo saludó por el apellido.

–Bien. ¿Tiene un minuto?

–Como si son cinco –lo invitó.

No era cosa de perder el tiempo, así que fue al grano.

–Usted ha estado en la India.

No era una pregunta, era una afirmación. Todos conocían el historial de Carmelo Ramírez, su admiración por aquel gran país, su devoción por aquella tierra y sus gentes, sus conocimientos acerca de su cultura.

–Sí.

–¿Cree en la reencarnación?

–Caray, vaya pregunta –movió la cabeza, pensativo–. No es tan fácil como decir sí o no, ¿sabes? Es algo más que eso. Mucho más. Pero supongo que no quieres una disertación en torno a ello, así que... Desde mi óptica occidental, debo decirte que no.

–¿Y cómo se explica que mil millones de indios y no sé cuántos tibetanos crean en ella?

–Esa es la cosa, por eso te he dicho que, desde mi punto de vista occidental, no. Pero, amigo mío, cuando estoy allí, veo y siento como un indio, como y respiro como un indio, vivo y me lleno de aquella magia…, las cosas cambian. Entonces creería cualquier cosa. Es un embrujo.

–¿Ha conocido a alguien que le hablara de una vida anterior?

–No.

–Pero habrá leído cosas.

–Leer sí, muchas –el hombre hizo un gesto vago con la cabeza–. Mira, Ramis, todas las grandes respuestas a las grandes preguntas llegan tras la muerte. El «adónde voy, quién soy, de dónde vengo» es algo para el presente, la eterna filosofía. Pero la gran verdad, lo que todos quisiéramos saber, es qué hay después. ¿Somos un accidente cósmico, o realmente existe un Dios, se llame como se llame, que mueve los hilos del universo? La reencarnación es una de las respuestas humanas para ese «después». Lo malo es que no se puede documentar con testimonios directos. Y siendo así, solo nos quedan las interpretaciones, lo que digan los estudiosos, o la fascinación que producen los casos de quienes aseguran recordar su vida o sus vidas pasadas. Mucha gente afirma que en su vida anterior fue Cleopatra –el profesor se echó a reír–. Nadie dice que antes fue un conejo, o un esclavo macedonio, o un pirata sanguinario, ¡todos recuerdan que eran maravillosos! –dejó de reír para agregar en un tono más serio–: En fin, fíjate en los lamas tibetanos. Toda una religión y un pueblo fundamentados en esa creencia.

–¿Ha oído hablar de algún caso de reencarnación en España?

–Bueno, está el caso de ese niño de Granada, que dijeron que era la reencarnación de un lama.

–Ya. ¿Nada más?

–No, nada. Oye, ¿te interesa el tema?

–Sí, mucho.

–Pues me sorprendes.

–¿Por qué?

–Porque eres un estudiante racional. Apasionado también, pero sobre todo racional y pragmático. No te veía a ti en cosas de esas. En fin, solo era una apreciación, no me hagas caso.

–Suponiendo que la reencarnación exista, ¿un occidental, un español, firmemente convencido de que es real, puede llegar a sentirla, a experimentarla?

–¿Quieres decir que si una persona tiene imágenes, recuerda cosas..., puede llegar a pensar que sea algo de su vida pasada?

–No. Quiero decir que si se cree, y uno se lo propone firmemente antes de morir, en su siguiente vida puede recordar la anterior.

El profesor Ramírez plegó los labios y los curvó hacia abajo:

–No lo sé. No tengo ni idea. Desde luego, suena demasiado fuerte, demasiado... irreal. Sería ya rizar el rizo. Pero ¿qué puedo decir yo, pobre de mí? Estoy lleno de prejuicios, a pesar de mi amor por la India y sus cosas. Tal vez debieras hablar con algún tibetano que haya por aquí, en la Casa del Tíbet. Date cuenta de que lo único que conocemos en Occidente acerca de ese asunto es por algunas películas, todas ellas malas, que lo han abordado. Siempre han sido historias policíacas, de venganzas, chorradas de espíritus... Meros planteamientos comerciales. Ni una de ellas ha profundizado en las raíces.

Iba a darle las gracias, porque ya había llegado al mismo punto sin retorno que imaginaba, pero en ese momento sonó la llamada para la siguiente clase y, de todas formas, eso puso fin a la conversación.

–Ven a verme con más tiempo si quieres hablar de eso –lo invitó el docente.

ERAN las ocho en punto cuando detuvo la moto frente al desvencijado edificio en cuyo último piso vivía la hermana pequeña de Ángela Marsans. Franqueó la puerta de la calle, subió y llamó. Esta vez no había música *techno* delatora, ningún ruido, así que tras probar otras dos veces, bajó de nuevo a la calle y buscó un bar próximo desde el cual vigilar y esperar. Lo más parecido era una tasca ubicada en la acera de enfrente, a unos quince metros de la vertical del edificio. Se metió en ella y pidió un refresco. El hombre del mostrador lo miró con cara de sospecha. El resto de parroquianos, todos acodados en la barra y tomándose sus vinos, no le hicieron el menor caso.

Se preguntó por enésima vez qué podía decirle Victoria Marsans, que tenía solo cinco añitos al morir su hermana mayor.

Probablemente nada, pero era su única tabla de salvación. Encontrar al hermano y las hermanas podía ser complicado, e intentarlo con los padres... Después de la experiencia con la señora Bussons, no quería saber nada de ellos.

Una chica solo un poco mayor que él siempre era preferible.

Se bebió el refresco y todavía tuvo que esperar diez minutos más antes de ver aparecer a Rosa, la amiga de Victoria, la de la toalla. Su cabello verde destacó igual que un semáforo andante al pasar justo por delante del bar sin mirar hacia dentro. También lo hicieron su blusa naranja y su minifalda roja. Cristóbal pagó su consumición.

Contó hasta cien y fue tras sus pasos.

Mientras lo hacía, sin pretenderlo, recordó a Daniela, en el banco del parque, esperándole un día más.

Llamó al timbre del piso y Rosa le abrió sin preguntar siquiera quién llamaba. Era bastante confiada, teniendo en cuenta que la puerta de la calle tenía la cerradura rota. Se quedó mirándole sin emoción alguna. Mascaba chicle y, de cerca, iba muy maquillada, bastante petarda.

–Ah, ¿eres tú? Acabo de llegar –le dijo como si ya fueran amigos de toda la vida–. Victoria no está, pero he hablado con ella por teléfono y me ha dicho que vendría temprano.

–Bueno, pues ya volveré dentro de un rato –hizo ademán de irse.

–No, hombre. Espérala aquí. Tú te sientas y yo a lo mío.

–No quisiera molestar.

–No seas pavo –ella movió la cabeza con vigor.

Cristóbal la obedeció. Era lo que pretendía. Mejor estar ya dentro cuando llegase Victoria, que llamar y hablar en la misma puerta. Aunque tal vez fuese tan especial como Rosa. Si vivían juntas…

Entró en el piso y ella cerró la puerta.

–Aquí tienes la salita, allí hay revistas y ahí discos, por si quieres ponerte algo. A tu bola.

–Gracias.

Rosa se metió en una de las dos habitaciones que daban a la salita-comedor-cocina. Su cuarto. La oyó canturrear algo. Cristóbal optó por agarrar una revista y pasar las páginas fingiendo prestarle toda su atención. Rosa salió al cabo de cinco minutos. Ya no llevaba la ropa con la que ha bía llegado de la calle, sino el mismo top y los mismos pantaloncitos de la mañana, así que volvía a estar medianamente sexy y chispeante pese a su anorexia.

–¿Quieres tomar algo? Solo hay agua, pero al menos...

–No, gracias.

–Vale.

Esta vez se metió en el baño.

Tardó otros cinco minutos. Se escuchó el sonido de la cisterna y reapareció ante sus ojos. Pasó por delante de él y regresó a su habitación.

La revista era un coñazo.

Iba a levantarse para echarle una ojeada a los discos cuando se abrió la puerta casi en silencio. Miró hacia ella esperando ver aparecer a otra chica, pero en su lugar vio a un hombre joven, como de veinticinco o veintiséis años. El aparecido acababa de abrir con una llave que en ese momento volvía a depositar sobre el marco de la puerta.

Victoria y Rosa, además de confiadas, eran ingenuas.

No se movió.

El hombre entró en el piso sin hacer ruido, con expresión maliciosa, pero no había que dar más allá de dos pasos para verle, así que le vio. La sorpresa fue mayúscula.

–¡Coño! –dijo, tras superar el susto inicial–. ¿Tú eres...?

–Cristóbal.

–Yo soy Paco –el desconocido le tendió la mano.

Se la estrecharon, pero ya no pudieron decir nada más. Rosa acababa de oírle y salió por la puerta hecha una exhalación.

–¡Serás...! –gritó.

Paco expandió una sonrisa enorme por su cara. Se olvidó de Cristóbal y abrió los brazos.

–¡Chata!

–¡Huy, huy, huy! ¡Pero qué pasada!

Rosa se le echó encima, y él la aplastó a lo bestia con su abrazo. Después se besaron. Bueno, se devoraron. Paco era alto y fornido, así que la chica más bien parecía una muñeca a punto de ser tragada por ósmosis. Cuando el beso terminó, no hubo mucho más.

–Acabo de llegar, casi no me pillas –dijo ella–. ¿Por qué no llamabas?

–Quería verte la cara de pasmo.

–Pues mira.

–Ya.

–¡Jo, qué bien estás!

–Pues anda que tú…

–Ven.

Se soltó, le cogió de la mano y lo metió en la habitación. Cristóbal se sintió realmente intruso. Pero ya era tarde para irse. Al otro lado de la puerta escuchó unas risitas, unos siseos. Se hubiera echado a reír de no ser porque estaba bastante cortado.

Para su suerte, la puerta del piso volvió a abrirse.

Y esta vez la que entró fue una mujer.

No tenía nada que ver con Rosa. Su misma edad y poco más. Vestía con informalidad, pero también con gusto: vaqueros, blusa, chaqueta de buen corte, zapatos cómodos y elegantes… El cabello era corto; los labios, pequeños; los ojos, grises.

Se parecía a la foto de su hermana Ángela.

–¿Quién eres tú? –se detuvo la recién llegada al verle.

Cristóbal se puso de pie.

–Me llamo Cristóbal –dijo.

–¿Esperas a Rosa?

–No, te esperaba a ti.

Victoria Marsans se había quitado la chaqueta. La dejó sobre una de las cuatro sillas que envolvían la mesa adosada a la pared y se quedó mirándole. No era especialmente atractiva. En esto le ganaba Rosa. Pero por lo menos era más normal. Aunque la verdad es que nunca sabía a qué podía llamarse normal en una chica. Todavía tenía que entenderlas.

–¿Te conozco? –frunció el ceño Victoria.

–No.

La curiosidad acabó ganándola. Se detuvo en mitad de la salita y se cruzó de brazos.

–¿Qué sucede? –quiso saber la hermana de Ángela Marsans.

–Quería hacerte unas preguntas acerca de...

–Oye, si es por lo de Quique, déjalo correr, ¿vale? –le interrumpió ella–. No sé quién eres, pero ya se terminó y no me importa de qué vaya...

–No sé quién es Quique –le aclaró él–. Yo quería hablarte de Ángela.

Ahora sí, la sorpresa fue contundente en el rostro de Victoria.

–¿Ángela? ¿Te refieres a...?

–Tu hermana Ángela, sí.

Tuvo que sentarse. No porque se le doblaran las rodillas ni nada de eso. Más bien fue porque toda su atención quedó capturada por su visitante y por las palabras que acababa de pronunciar. Permaneció así, como en suspenso, unos segundos.

–Mi hermana murió hace veinte años –le aclaró.

–Conozco la historia, por eso estoy aquí.

–Pues no entiendo.

–Soy estudiante de periodismo –volvió a decir, como en casa de la señora Bussons–. Estoy haciendo un trabajo, y la historia de Andrés Bussons y tu hermana fue muy apasionante hace veinte años. Me hablaron de ella y pensé que sería interesante escribir algo acerca de eso.

–En primer lugar, yo tenía cinco años cuando mi hermana murió. En segundo lugar, ¿no te parece algo... desagradable?

–¿Un suicidio por amor? En absoluto.

–Ángela estaba loca –bufó con amargura Victoria.

–¿Por qué?

–Tú mismo lo acabas de decir: un suicidio por amor. Suicidarse es de locos, por mucho dolor que exista; pero encima, hacerlo por un chico o una chica... No sé, dicen que la vida es corta, pero te aseguro que a los dieciocho o diecinueve años a mí me parecía muy larga y provechosa.

–Ella le quería mucho.

–¿Lo justificas?

–No, claro, pero puesto que hay gente para todo, a tu hermana le tocó un papel de heroína del siglo XX.

–Pues maldita la gracia. Nos hizo polvo a todos, a mis padres por la pérdida, y a los demás porque ella era la mayor. Mis padres no se han recuperado jamás. ¿Por qué te crees que ya vivo sola? –volvió a hablar de su hermana–: Pudo llorarle, recordarle vivo. Eso es lo que hacen los que aman de verdad: tirar para delante y recordar. Matarse suena muy romántico, pero es inútil.

–No eres romántica.

–¿Estás de guasa? –pareció darse cuenta de que hablaba con un extraño acerca de un asunto probablemente tabú en su familia–. ¿Dónde oíste hablar de esa historia?

–Me la comentó un profesor de ética y me interesó.

–¿Por morbo?

–No, ya te lo he dicho. Me parece un tema apasionante, aunque se trate de un suicidio. Yo iba a enfocarlo por el lado del amor adolescente.

–Si he de serte sincera, no me gustaría que se desenterrara.

–Solo te hablo de un trabajo. Nadie va a hacer una película.

–Eso nunca se sabe. Y no te lo digo por mí. Lo digo por mis padres. Bastante sufrieron ya entonces, y aún lo hacen. Toda su vida quedó truncada con aquello. Una simple locura juvenil afectó toda la vida de mucha gente.

–No eran tan jóvenes.

–¿Qué edad tienes tú? –preguntó Victoria.

–Diecinueve.

–Entiendo.

–¿Qué entiendes? ¿Es porque tengo la misma edad que el novio de tu hermana? No creo que el amor sea mejor o peor a los diecinueve que a los treinta. Pienso que debe de sentirse igual. Ella tuvo que quererle mucho.

–Eso sí –reconoció Victoria mientras bajaba la cabeza para mirar al suelo–. Tal como lo expresa...

–¿No decías que tenías cinco años entonces? –captó él.

–Ángela dejó un diario.

–¿Lo tienen tus padres?

–Lo tengo yo –fue una revelación, un impacto. No dijo nada y dejó que ella siguiera hablando–. Como fui la única que por la edad no recordaba a mi hermana, se lo pedí a mis padres y ellos me lo dieron. Antes lo leía mucho, para entenderla. Supongo que, en el fondo, yo también quedé atrapada por esa historia, y cuando tenía dieciséis, diecisiete, dieciocho años, y me enamoré y todo eso... –soltó una larga bocanada de aire que se confundió con un suspiro y regresó a la realidad–. ¡En fin!

–¿Podría leer yo ese diario?

La mirada fue directa. El tono, categórico:

–No, lo siento.

–Claro –Cristóbal lo entendió.

Aunque allí, en aquellas páginas que Victoria guardaba probablemente en su habitación, tal vez estuviese la clave de todo.

–Mira, mi hermana se enamoró de una forma difícil de entender, tal vez enfermiza, pero merece un respeto por lo que hizo, y más después de tantos años. Ahora su memoria es mía, me pertenece, y tienes que entender que quiera preservarla.

–Lo entiendo –agregó una reflexión en voz alta–: A veces es mejor no querer tanto, ¿verdad? El amor puro es más doloroso que satisfactorio.

Victoria Marsans no respondió.

–Lamento haberte molestado –dijo Cristóbal al tiempo que se ponía en pie.

–No ha sido una molestia, solo una sorpresa –ella hizo lo mismo.

–Gracias –Cristóbal le tendió la mano.

Victoria se la estrechó y lo acompañó hasta la puerta del pisito.

–Escribe sobre la vida, es mejor –fue lo último que le dijo la hermana de Ángela Marsans antes de cerrar esa puerta tras él.

Capítulo cuarto

La relación

Dᴀɴɪᴇʟᴀ permanecía sentada en el banco del parque. A diferencia de la otra vez que la había espiado, en esta ocasión leía un libro, para pasar el rato, quizá harta de esperar tarde tras tarde el milagro de su regreso. Volvió a observarla desde la protección de aquel árbol de grueso tronco, y sin la presencia de ningún niño impertinente dándole la lata. Desde la distancia parecía una chica más, despreocupada y libre.

Cristóbal vaciló por última vez.

Habría seguido allí, bajo el amparo del árbol, pero tuvo que reaccionar y moverse, porque de forma inesperada la chica cerró el libro, miró a ambos lados del camino y se puso en pie.

Cristóbal salió de su escondite.

Daniela no reparó en él hasta casi encontrárselo encima. Caminaba con la vista fija en el suelo y el libro bajo el brazo, con pasos cortos y pausados, sin prisa. Al levantar la cabeza, tal vez impelida por su presencia, él se encontraba ya a menos de cinco metros.

Los dos se detuvieron.

Después, el que se aproximó fue Cristóbal.

Reparó en los detalles. El primero, que Daniela estaba muy pálida, igual que si una mano fantasma le acabase de hurtar de golpe todo el color. El segundo, que la blusa le subía y le bajaba a gran velocidad en el pecho, a la altura del corazón. El tercero, que sus ojos atravesaron toda una inmensa gama de matices al centrarlos en él: alegría, dolor, susto, sorpresa. Y pese a ello, ni un solo músculo facial la traicionó.

—Hola —dijo Cristóbal.

Le costó hablar.

—No te esperaba —reconoció Daniela cuando pudo hacerlo.

—Creía que sí.

—Te dije que vendría cada tarde, pero…, después del primer día, y de tu reacción, pensé que no volverías.

—No creo que seas de las que abandonan —logró sonreír Cristóbal.

—Después de nuestro primer encuentro quedé muy agotada, ¿sabes?

—Comprenderás que lo que me dijiste…

—Comprende tú que yo morí por ti, y volví a nacer por ti —dijo ella.

—Eso me deja fuera de órbita.

—Tú también has vuelto a nacer por mí, solo que no lo recuerdas. El destino nos ha hecho la última jugarreta —dejó que sus palabras se mecieran entre ambos y agregó—: Porque sigues sin recordar nada, ¿verdad?

—Lo siento.

Daniela cerró los ojos y apretó las mandíbulas.

–¿A qué has venido? –preguntó.

–Quería hablar contigo.

–¿De qué?

–Por favor...

Ella se lo pensó un par de segundos y asintió. Tenían cerca un banco, pero retrocedió hasta el suyo, como si le perteneciera. Cristóbal la siguió. Se sentaron juntos, en la misma posición que la primera vez, y se miraron sin el menor rubor, de forma directa y fija.

–Tus ojos... –murmuró Daniela.

–¿Cómo puedes recordar esos detalles?

Ella se encogió de hombros.

–¿De qué querías hablar? –quiso saber.

Ya no se sentía tímido ante ella, ni mal, ni tampoco bien, pero por lo menos dominaba más la situación, la controlaba. Después de haber tenido las agallas de ir a ver a la señora Bussons, y de haberse presentado en casa de una de las hermanas de Ángela... Lo único que sí hizo fue mantener la cautela.

–Si yo te recordara, si antes, o ahora, todo volviera a mí, ¿qué pasaría? ¿Volveríamos a ser novios? ¿Así de fácil?

–No, no sería así de fácil –reconoció Daniela–. Tendríamos que volver a empezar, aunque no partiendo de cero. Nuestras almas ya estarían compenetradas y solo faltaría adecuar debidamente nuestras mentes. Algo sí hemos cambiado, como es lógico.

–Pero... no sé –insistió él–. ¿Me querrías ya, con esta cara?

–Tal como te dije el otro día, esto va más allá del aspecto. Te repito que son nuestras almas las que han vuelto y se han reencontrado. Además –el color rosa volvió de forma suave a sus mejillas–, me pareces muy guapo.

No supo qué decir a eso. Ella también le gustaba, aunque si se lo decía ahora...

—¿Y si ya tuviera novia?

—¿La tienes? –pronunció ella en tono gélido.

No quería mentirle, pero tampoco decirle la verdad. Aunque, después de todo, Leticia no quería emplear la palabra «novios» ni en pintura.

—No tengo novia –respondió sabiendo que eso era exacto–, pero salgo con alguien –quiso ser justo.

—¿Es algo serio?

—No lo sé.

—Nosotros supimos desde el primer momento que lo nuestro era serio.

—Hace veinte años la gente era distinta.

—No es cierto –aseguró Daniela–. Los que se enamoran, se enamoran. Y los que van a pasar el rato, van a pasar el rato.

Cristóbal pensó en Leticia. Pasar el rato. Eso la definía bastante bien, aunque él tenía la esperanza...

Todo el mundo tiene la esperanza de que «esa persona» sea «la persona».

En el fondo era así.

A veces creía que lo que hacían los de su generación era coleccionar ratos, tratar de hacer más muescas que nadie en la pistola del alma, llegar un día a la madurez, o al matrimonio, con las suficientes «experiencias». Como si eso garantizara un futuro estable.

De locos.

Daniela levantó su mano derecha. La depositó en la mejilla de Cristóbal y se la acarició despacio. El muchacho no se movió. Se quedó galvanizado. La mano llegó hasta el lóbulo de la oreja. Un dedo jugó con él, de forma muy suave.

—Te gustaba que te hiciera esto –susurró ella.

También le gustaba ahora, ¡qué diablos!

Leticia nunca le acariciaba de esa manera.

Cristóbal se estremeció, pero lo que tuvo a continuación fue un arranque de ira.

–Dios…, esto es… –apartó la cara, renunciando al agradable contacto–. ¡Mi vida no puede cambiar así como así, sin más!

–¿Es todo lo que te preocupa? –Daniela retiró la mano–. ¿Que tu vida estable y cuadriculada cambie?

–No, no me refería a eso. Me refiero a que…, de pronto apareces… ¡El amor no se improvisa! ¡De la noche a la mañana no puedo…! ¡Aunque me acordara de ti!

–No tienes más que irte y no volver, o pedirme que no vuelva a molestarte.

–Tampoco eso es tan fácil. Ya estás aquí. Estoy hecho un lío.

–Ya sé que no es fácil, porque acudiste a la cita y en el fondo me quieres. No recuerdas nada, pero me quieres. Lo que fuimos está ahí, en algún lugar de tu mente, buscando un camino en el laberinto para poder salir de nuevo. Mi única esperanza es que, como fue un amor tan grande, acabe por encontrarlo. Una burbuja de aire en el mar siempre sale a flote.

Cristóbal se apoyó en el respaldo del banco.

–¿Sabes qué he hecho estos días? –bufó.

–Darle vueltas a todo en tu cabeza.

–He hecho algo más que eso –asintió–. Fui a ver la casa de Andrés Bussons, estuve con su madre, y también he conocido a Victoria Marsans, la hermana pequeña de Ángela.

El impacto resultó demoledor.

Daniela lo acusó abriendo los ojos absolutamente perpleja.

—¿QUE fuiste a...?

—Sí.

—¿Por qué?

—¿Tú qué crees? —le pareció una pregunta obsoleta—. Sentía curiosidad.

—Ya, pero... —Daniela estaba blanca.

—Según tú, la señora Bussons es mi madre, ¿no?

—Dios... ¿Les dijiste que eras...? —volvió a dejar la frase sin terminar.

—No, claro, ¿me tomas por loco?

Daniela se abrazó a sí misma y se dobló hacia delante.

—Yo nunca he podido hacerlo —manifestó.

—¿Nunca?

—No, sería incapaz.

—Se supone que los Marsans son tu anterior familia.

—Por eso mismo —argumentó ella—. Sería demasiado doloroso para mí. Y no digamos para ellos. No tendría sentido. Para esas personas, lo que sucedió es algo que pertenece al pasado. Ya les hice bastante daño al morir por ti. Sé que les destrocé la vida a todos. ¿Cómo ir a mi casa y decirles que soy yo, que he vuelto? Es demasiado fuerte. No, no tendría sentido.

—En eso estamos de acuerdo, aunque no creo que te reconocieran.

—Oye —Daniela levantó la cabeza—, ¿cómo diste con ellos?

—Fui al periódico, busqué la noticia de lo que pasó hace veinte años, anoté los nombres de la esquela de los Marsans y después me bastó con mirar la guía telefónica. Siguen viviendo donde vivían antes.

—Entonces, ¿me crees ya?

—No lo sé —fue sincero.

—Tú mismo leíste la historia, ¿no?

–Sí, pero me sigue pareciendo demasiado fantástico.

–¿Es como te dije?

–Sí.

–¿Y por qué tienes dudas aún?

No respondió la pregunta, simplemente porque no tenía respuesta que dar. ¿Eran dudas? ¿Así de sencillo? Todo su mundo había cambiado desde aquella tarde en que la conoció. Debía de ser igual de fuerte descubrir que eres adoptado, o que tu padre es un asesino en serie. Nadie está preparado para algo así.

–¿No quieres saber nada de tu familia?

–No –fue terminante Daniela.

–La madre de Andrés Bussons –lo dijo despacio– está sola, no tiene a nadie. No quiso hablar conmigo.

–¿Qué esperabas?

–¿Quieres saber una cosa? Si existe la reencarnación, no creo que haya sido concebida para volver al dolor del pasado.

–Nosotros la planeamos para amarnos en el futuro, Cristóbal –empleó su nombre–, y para eso, teníamos que recordar ese pasado. Era necesario.

Cristóbal no dijo nada.

Pero sostuvo su mirada.

–No tenemos ese futuro, ¿verdad? –susurró Daniela.

–No lo sé.

Creyó que iba a llorar, como la primera vez, pero no lo hizo. Solo apartó la cara y se enfrentó a los árboles, a la calma del parque a aquella hora del atardecer. La luz de un sol mortecino que ya se había ocultado tras los edificios circundantes la iluminaba entre los rescoldos de sus tonos ocres. La imagen le inquietó.

Porque era dulce, armónica, tierna.

Y le gustó.

–Tengo que irme –dijo Daniela–, o tendré bronca en casa.

–¿Cómo es ahora? –sintió curiosidad él.

–Tengo unos padres muy gruñones, pero normales. Ellos no me entienden a mí y yo no les entiendo a ellos, aunque nos llevamos bien. También tengo un hermano más pequeño, de catorce años, que está en la edad borde, pero me encanta. Es uno de esos locos contagiosos –sonrió al hablar de él–. ¿Y tú?

–Yo tengo una hermana mayor y unos padres estupendos con los que hay muy buen rollo.

–Todo es nuevo, distinto.

–¿Dónde vives? –quiso saber Cristóbal.

–En el cruce de la avenida con el paseo, cerca de la gasolinera.

–Entonces vivimos cerca el uno del otro.

–Esa es otra prueba –fue terminante ella–. No solo no quisimos esperar, sino que tampoco lo complicamos demasiado. Teníamos que encontrarnos cuanto antes, acudir a la cita.

La oía hablar y todo parecía sencillo. Dos y dos.

Daniela se puso en pie.

–¿Te llevo? –se ofreció Cristóbal, imitándola.

–No, gracias.

–Mi hermana me ha dejado su moto, no me importaría...

–Tienes mi teléfono.

–Sí, claro.

Se dio cuenta de que no sabían cómo despedirse. Ahora era la chica la que mostraba más nerviosismo. Cristóbal contuvo la respiración mientras un vértigo desesperado se instalaba en su cabeza.

–Cristóbal, ¿puedo hacer algo para que intentes recordar? –habló Daniela.

–¿Algo… como qué?

–Tranquilo. Ni siquiera tendrás que hacer nada. Es cosa mía.

–Está bien –se rindió.

Ella se acercó a él. Cuando comprendió que iba a besarlo, ya era demasiado tarde. Se limitó a quedarse muy quieto y cerró los ojos, mitad aturdido, mitad perplejo. Entreabrió los labios más como un acto reflejo que por corresponder a lo que se le avecinaba. Casi una eternidad después, Daniela depositó sus labios en los suyos. Con las dos manos le sujetó la cara, igual que si temiera que él se echara hacia atrás.

Fue un beso muy cálido, muy dulce, muy largo.

Cuando Daniela se separó, esperaba oírla hablar de nuevo. Pero no hubo nada, ni siquiera una pregunta.

Abrió los ojos y la vio alejarse en silencio.

Le quemaban los labios.

No podía olvidar el beso, el roce, las manos de Daniela en su rostro, su aroma limpio de piel mimada por la ducha, la frescura de su tacto, la turbación, la carne abierta, la humedad latente. Todo y más.

Y si los labios le ardían, más le zumbaba la cabeza.

Quería pensar en Leticia, pero por su cerebro solo aparecía Daniela. Quería sentirse culpable, pero no lo lograba. Quería volver atrás, pero no dejaba de pensar en el futuro. Quería rechazar la idea de la dichosa reencarnación, pero no podía.

¿Era posible que Leticia nunca le hubiese besado de aquella forma?

¿Cuántas maneras había de besar?

¿Y cuántas de amar?

Se levantó de la cama, se encaramó a su mesa y buscó un libro ubicado fuera de su alcance, en la parte superior de la estantería, allá donde iban a parar los volúmenes de otro tiempo, ya leídos u olvidados, ya estudiados o consultados. Recordaba vagamente aquel poema.

Encontró el libro. Se lo habían hecho leer en el instituto. Bajó de la mesa y regresó a la cama, donde se tendió de nuevo. Pasó las páginas despacio mientras seguía anclado en el instante en que Daniela le había besado. Un simple beso. Como si fuera una llave.

Ella era tan diferente…

Dejó de pasar las hojas al dar con lo que quería. La frase que buscaba era muy simple y estaba situada en el centro de una página impar. Le chocó el número: la setenta y siete. Dos veces su número de la suerte. Premonitorio.

Leyó:

«Hay 97 formas diferentes de decir "te quiero", y todas valen».

Cerró el libro y lo dejó sobre su pecho. Su mirada se perdió en el techo, allá donde antes había pósters de grupos musicales y ahora no existía nada, ni siquiera una huella de la marca de las chinchetas después de que su madre decidiera arreglarle la habitación y pintarla un año antes. Los pósters se habían marchado con su pasado más «juvenil». Los pósters y muchos de sus sueños.

¿Por qué había quitado los pósters si la música seguía siendo uno de sus placeres máximos?

¿Por qué al crecer es obligatorio «madurar», enterrar las buenas cosas del pasado, creer que somos mejores, más listos, más de todo?

¿Por qué las ternuras de ayer provocan sonrisas en el presente?

Escuchó la voz de Daniela retozando por su mente:

«Andrés tenía una marca de nacimiento en mitad de la espalda. Una mancha oscura de cinco centímetros de largo por dos de ancho. Parecía un signo de exclamación con el punto arriba. Le tenía mucho cariño... Era un fanático del número siete... También quería ser médico, no fumaba y odiaba el tabaco, se ponía siempre primero el calcetín del pie izquierdo... Era tímido...».

Si todo era verdad, si era la reencarnación de Andrés Bussons, había algo muy importante en lo que todavía no había pensado.

Le había fallado a ella.

AL separarse tras el beso, Cristóbal se encontró con la mirada aséptica de Leticia.

–¿Qué pasa? –no entendió el tono de sus ojos.

–Pasa que si quiero darle un beso a un zapato, ya tengo en casa, no hace falta que salga.

–¿Qué quieres decir? –parpadeó él.

–¡Jo!, pues si no lo sabes... –puso cara de fastidio–. ¿Eso ha sido un beso?

–Pues... sí.

–No, esto es un beso.

Se sentó encima de él, le rodeó con sus brazos y le clavó los labios en la boca mientras se apretaba contra él como si estuviese ansiosa, desesperada. Por más que Cristóbal la seguía, Leticia iba un paso por delante en vehemencia, en pasión.

Aunque fuese una pasión fría, de llamas azules.

Se sintió devorado, arrastrado, consumido.

Y extraño.

Dos semanas antes habría querido algo así, y en plena calle, pasando de todo, con libertad.

El gran beso de amor de Leticia.

Marcando un antes y un después.

Ahora era...

¿Podía un beso dulce y suave tener todo el fuego del universo?

Leticia se apartó de él tras dos largos minutos de intercambios efusivos.

–¿Vale? –le soltó en plena cara, a menos de cinco centímetros de distancia.

–Tú tampoco sueles besar así –le reprochó Cristóbal.

–Mira, rico, estas cosas son recíprocas. Y además, no vengas ahora a darme lecciones –ella echó la cabeza hacia atrás–. Si tenemos que ponerle un contador Geiger a los estímulos y a la intensidad, vamos mal.

–Sí –dijo Cristóbal.

–Sí, ¿qué? ¿Mi comentario mordaz, o que vamos mal?

–¿Qué te pasa? Estás de un agresivo...

–A mí no me pasa nada. Eres tú el que desaparece y casi no se te ve el pelo.

–Ya te he dicho que...

–No te enrolles, va –su aspecto era encendido.

Llena de una rabia sorda y furiosa.

–No tengo ganas de discutir, y más tal como estás.

–¿Cómo estoy?

–Rabiosa –exteriorizó en voz alta lo que pensaba.

–¿Rabiosa yo? –no pudo creerlo Leticia.

–Debe de ser la primavera –concedió Cristóbal.

–Hombre, eso sí, ¿ves? A mí la primavera me altera la sangre, como a todos los normales.

No quiso seguir peleándose con ella. Lo tenía perdido. No había conocido a nadie más rápido, y de lengua más afilada, que Leticia. Podía con todo.

–Oye, ¿tú crees en la reencarnación?

–¿Eso de que el alma sale del cuerpo, vaga por ahí, luego se mete en otro cuerpo y, ¡hala!, a vivir, que son dos días?

–Dicho así...

–No –fue contundente Leticia–. A mí esos rollos esotéricos me resbalan. Además, ¿de qué sirve que haya tenido cinco vidas antes y me queden catorce después? Vaya gilipollez. Esto es todo lo que tengo, y lo tengo ahora.

–Hay quien recuerda vidas pasadas.

–Pues mira, si antes lo pasé mal, no quiero recordarlo, y si lo pasé bien, mejor que ahora, es una cerdada. Así que me quedo como estoy. Y qué quieres que te diga..., yo es que no me lo creo. ¿Tengo un sueño y debo interpretar que es mi alma, que me trae recuerdos del pasado? ¡Anda ya! –frunció el ceño después de su perorata y preguntó–: ¿A qué viene eso?

–A nada. Era una forma como otra cualquiera de cortar tu vis negativa.

–¿Vis negativa? ¡Serás...! –se le echó casi encima, pero no como antes. En esta ocasión le hizo cosquillas.

Cristóbal las tenía a flor de piel.

–¿¡Tú eras la que no quería montar números horteras en la calle!? –le recordó él mientras trataba de quitársela de encima.

Leticia cesó en su ataque.

Se puso en pie y le tendió la mano para ayudarle a levantarse.

–Anda –dijo, o más bien fue una orden–, vamos a tomarnos algo al *Nexus*. Tengo sed.

ACABABA de explicárselo todo a Santiago. Era lo mejor, o no le dejaría en paz. Además, frente al frío escepticismo de Leticia, necesitaba contrastar la verdadera historia con alguien, aunque fuese tan pragmático como su amigo. Ya no se trataba de hablar o no de reencarnación.

Se lo soltó y, por lo menos, se sintió más aliviado, liberado de una pesada carga.

La alucinada mirada y la expresión de Santiago le demostraron hasta qué punto él asimilaba su relato.

–No está loca –le repitió como punto final–. Por lo menos no de atar, que yo sepa o se le note.

–Tío, pero… ¿tú te das cuenta de lo que acabas de contarme?

–¿Que si me doy cuenta? –espetó con una sonrisa de ironía–. Llevo unos días zumbado.

–No me extraña –Santiago sacudió la cabeza–. ¡Qué pasada! ¿Y apareció y te soltó el rollo…?

–Tal cual.

–¿Y lo de ir a casa de esa gente…?

–Como te lo he explicado.

–Tú sí que estás loco –movió ahora la cabeza horizontalmente su amigo.

–¿Qué querías que hiciese? Necesitaba averiguar…

–¿Y qué esperabas, recordar de golpe, o que esa señora te abriera los brazos y te llamara «hijo»? ¡Tú estás majara, tío!

–Bueno, no pasó nada. El caso es que todo lo que me contó Daniela es cierto, punto por punto.

–Macho, es la historia más asombrosa que jamás haya oído. Si se trata de un comecocos, es de primera, y si es verdad…

–Si es verdad, ¿qué?

–Si es verdad, es muy fuerte. Ya lo estoy viendo en una película.

–¡Santiago, como se lo sueltes a alguien…!

–Tranqui, tranqui –lo calmó con serenidad–. ¿Quieres que me tomen por loco a mí? Eso no puede contarse así como así, a no ser que se demuestre que es verdad. Entonces... Oye, que te forras. Yo tu *manager,* ¿eh?

–Va, ¿qué piensas?

–¿Qué quieres que piense? Así, de entrada..., yo no trago, pero... –Santiago le dio un codazo cariñoso y puso cara de pícaro–. ¿Qué, está buena?

–¿A qué viene eso?

–Pues viene a lo que viene. A ver, ¿está buena o no?

–¿Tú crees que he pensado en eso?

–Sí –fue categórico–. ¿Lo está?

–Normal –se rindió.

–No –le pasó el dedo índice de la mano derecha por delante de la cara–. Las tías están buenas o son unos cardos. Normales no son.

–A ti, las feministas te van a cortar los cataplines el día menos pensado.

–Te aseguro que no. ¿Vas a responder, o voy al parque a verla yo mismo?

–Ni se te ocurra.

–Pues contesta.

–Está bien.

–¿Bien..., bien?

–Bastante bien.

–¿Cómo de bien? –arrastró la primera «o» para demostrar que pensaba arrancarle las palabras.

–No es espectacular, si es eso a lo que te refieres –claudicó Cristóbal–. Para entendernos, no es Leticia. Pero tiene algo. Es dulce, muy tierna, parece encantadora.

–¿Encantadora? –su amigo puso cara de asco–. ¿Qué se hace con una tía «encantadora»?

Lo único que no le había contado era lo del beso.

Eso era privado.

–Me habría gustado conocerla antes, y sin el rollo de la reencarnación, por supuesto –se sinceró.

–O sea, que te gusta.

–No, tampoco es eso.

–Te gusta –insistió Santiago–. Si no, de qué.

–¿Qué quieres decir?

–Que si fuese un callo, ni te habrías molestado en averiguar tantas cosas. Pero te gusta. Eso aparte de que seas un crédulo y un sentimental.

–Reconoce que la historia se las trae –ignoró sus pullas.

–A tope. Por eso, lo único que te queda por hacer es probar.

–¿Probar qué?

–Ve por ella. Dale un repaso.

–¡No seas bestia!

–No, si yo lo decía porque a lo mejor así recordabas algo.

–No quiero jugar con ella. Está muy afectada, ¿no lo entiendes?

–¿Y vas a dejarla así? Si la vuelves a ver será porque le das una oportunidad, y si no…, ya no te la sacarás de la cabeza.

–Habló el experto.

–Yo me atengo a los hechos. ¿No dices que lo sabía todo de ti? Imagínate que es verdad, que ella recuerda y tú no.

–¿Crees que puedo enamorarme de alguien porque lo estuve en otra vida?

–Te lo repito: prueba.

–¡No!

–Pues nunca lo sabrás.

–¿Es que no lo entiendes? Ella está muy colgada.

–¿Colgada, colgada?

–¡Sí!

–¿De ti, ahora, aunque no te parezcas nada al chico ese, solo porque se acuerda de lo que vivisteis?

–¡Se mató por mí! –Cristóbal se dio cuenta de lo que acababa de decir y se pasó una mano por los ojos–. ¡Dios, ya hablo como si...!

–Vale, tranquilo.

–¡Mierda, vaya ayuda la tuya!

–Lo siento, lo siento... –insistió Santiago al ver su estado–. Es que todo suena a peli del Wes Craven ese: «Sé lo que hiciste hace veinte años» y todo ese rollo.

–¡Bah, me voy! –Cristóbal se levantó de la silla del bar.

–Espera –Santiago le agarró por un brazo–. ¿Por qué no me la presentas?

–¿Para qué? ¡Y como digas que a lo mejor hace cuarenta años os enrollasteis, te mato!

–Solo quería echarle un ojo, ver qué aspecto tiene, charlar un par de minutos y analizar qué vibraciones tengo, por si puedo ayudar, en serio.

–Entonces mejor que no. Ya tengo la cabeza bastante del revés.

–Ya que me lo has contado...

–Déjalo –le agradeció el gesto.

–¿Volverás a verla?

Era una buena pregunta.

–No lo sé –admitió.

–Si no lo haces, nunca sabrás la verdad, y si lo haces...

–¿Qué? –le pidió que concluyera la frase al ver su cara de recelo.

–Si lo haces, olvídate de Leticia –fue terminante Santiago.

EL parque, el paseo arbolado, el banco y ella. Todo igual.

Salvo que esta vez era diferente.

Daniela ya le estaba esperando cuando él apareció. Se puso en pie con un deje de nerviosismo y no supo qué hacer con las manos cuando Cristóbal llegó a su lado. Ni siquiera hubo un beso de salutación en la mejilla. Nada. Ni un roce. Solo miradas, agitación atemperada. Cristóbal no se sentía mejor. Aún se preguntaba si estaba haciéndolo bien, si aquello era correcto, si no se estaba volviendo loco, si...

–Hola.

–Hola.

Se quedaron de pie, uno frente al otro. Vacilaron sin saber qué hacer.

–¿Nos sentamos?

–Prefiero caminar –Daniela cruzó los brazos sobre el pecho para mantenerlos quietos.

Echaron a andar, el uno al lado del otro. Se rozaron una primera vez.

–No esperaba que me llamaras –dijo ella.

–¿Por qué no?

–No sé.

–Pues ya ves.

Hablaban por hablar. De hecho, era una cita. Pero una cita extraña. Sus pasos no les llevaban a ninguna parte, solo ponían un pie delante del otro, dejándose llevar. Se rozaron una segunda vez, brazo con brazo, y ese contacto, lejos de ponerles aún más nerviosos, les dio consistencia. Los nervios no tenían sentido.

–No me digas que has... –Daniela no acabó la pregunta que acababa de aflorar como una leve descarga de esperanza de sus labios.

–No, sigo sin recordar nada.

–Ya –su tono fue de desilusión.

–Pero quería verte, charlar.

–Bien.

–Conocerte.

–¿Conocerme?

–Sí, ¿de qué te ríes?

–De nada.

–Va, dime.

–Bueno, suena a «vamos a enrollarnos, a ver si recuerdo algo».

–No era mi intención.

–Lo sé.

–¿Lo harías? –se puso rojo, pero quiso saberlo.

–No.

–Lo imaginaba.

–No se trata de eso –dijo Daniela con voz apacible.

–Lo sé, lo sé. Únicamente quería... Aunque te duela, yo no sé nada de ti.

–Escucha –habló despacio, buscando cada palabra–: Tú y yo fuimos diferentes, tuvimos un amor más allá de la razón. Aún late en mí. Morimos por algo, y hemos vuelto para superarlo. Pero no puedo creer que tú hayas vuelto hecho un idiota.

–No lo soy.

–Me consta. Puedo verlo.

–Eso es lo malo. Tú me llevas ventaja –sonrió Cristóbal–. ¿Por qué no me cuentas cosas de cómo éramos?

–¿Qué clase de cosas?

–Qué hacíamos, de qué hablábamos, qué planes teníamos, lo que nos gustaba.

–¿Por qué quieres saberlo si aún no estás seguro de que lo que te digo es verdad?

–Estoy aquí, ¿no?

–¿Y eso qué prueba?

—Prueba que estoy dispuesto a conocer esa verdad.

—O sea, que me das una especie de voto de confianza.

—Yo no lo llamaría así.

—¿Cómo lo llamarías?

—Por favor —Cristóbal hizo un gesto de cansancio—. Sigue siendo muy confuso y muy complicado para mí. No puedo hacer más. Ayúdame.

Dieron tres pasos antes de que ella respondiera envuelta en un suspiro.

—Éramos inocentes —manifestó.

—¿Y eso qué significa?

—Significa que teníamos el sol, la luna y las estrellas en el alma. Significa que éramos puros. Significa que no estábamos manchados, que nos teníamos el uno al otro y nos bastaba. Significa que nos queríamos así, con inocencia.

—Eres una romántica.

—Sí —reconoció Daniela—. Y tú también.

—Pero tú lo recuerdas todo.

—Tú también recordarás cuando creas.

Cristóbal se sintió culpable. Era una sensación descorazonadora. Culpable de inocencia.

—Verías bajar marcianos con sus naves suspendidas del cielo, y pensarías que es una película —le reprochó ella.

—Te lo repito. Ayúdame. Cuéntamelo todo. ¿Cómo éramos?

—Distintos, solitarios. Tú eras muy tímido, yo muy insegura. Estaba llena de complejos, como ahora. Todavía no había aprendido a quererme, que es lo primero que deben hacer las personas en la vida. Aprender a quererse como son. Nos gustaba la música, el cine, discutíamos las películas al salir, queríamos ser libres, viajar y recorrer el mundo...

—Suena bien.

–Antes de que enfermaras nos veíamos cada tarde, paseábamos, hablábamos por los codos, y cuando dejábamos de hacerlo... nos bastaba con sentarnos en cualquier parte y mirarnos, besarnos, acariciarnos. Podíamos pasar una hora así, mirándonos a los ojos.

–¿Te llamaba de alguna forma especial?

–Al encontrarnos cada tarde y abrazarnos, decías «ya estoy en casa».

–¿Cómo nos conocimos?

–Nos presentaron en un bar. Yo iba con una amiga y tú con un amigo. Ellos se conocían, se pusieron a hablar, y tú y yo también lo hicimos. Luego supimos que ya, desde ese mismo momento, se nos había encendido el corazón. Me gustaste enseguida. Llevabas unos vaqueros gastados y una camiseta de Human League. Eras fan suyo. Al irnos no me pediste el teléfono y me sentí un poco vacía, pero me llamaste al día siguiente porque te lo dio tu amigo después de llamar a mi amiga. Quedamos y... ya está. La primera tarde que salimos...

Seguían caminando, sin rumbo, rozándose de vez en cuando. Ella hablaba con ensoñación y él escuchaba en silencio, envuelto por la paz del parque.

Paz, esa era la palabra.

La tormenta interior había desaparecido.

CUANDO perdió la cabeza por Leticia, deseó con todas sus fuerzas que ella le hiciera caso. Era una obsesión. Santiago le decía que no era su tipo. Más aún, le soltó una de sus frases. Bueno, no era suya, sino de una canción, pero para el caso daba lo mismo. Decía: «Cuidado con lo que deseas, porque puedes conseguirlo». Como aviso y cautela no estaba mal. Todo el mundo quiere cosas, pero algunos, al conseguirlas, se dan cuenta de que no saben qué hacer con ellas, o les desbordan, o se les escapan de las manos. Leticia no le desbordaba, al contrario, pero con ella se sentía inseguro, algo fallaba, algo se le escapaba de las manos. Algunos amigos suyos tenían novias y sabían perfectamente que eran ocasionales, con fecha de caducidad, y no les importaba. Ellas también sentían lo mismo. Sin embargo, cuando uno se enamora, y lo hace de verdad, en el fondo de su corazón siempre piensa que puede y debe ser el amor verdadero, el definitivo. Se tenga la edad que se tenga.

Había conseguido a Leticia.

Y ahora sentía un enorme vacío estando con ella.

Miró a Daniela. Seguía hablando. No había parado de hablar desde el parque. Caminaban por la ciudad, envueltos en tráfico, ruido, humos y prisas, pero ellos estaban en una isla. Estaban inmunizados contra todo. Hablaba con cariño, con entusiasmo, con nostalgia, con risas, con serenidad.

¿Era por ella?

¿De repente experimentaba aquel vacío con Leticia porque estaba con Daniela?

No tenía sentido.

No tenía el menor sentido.

Quería a Leticia. Daniela tal vez le diese… pena.

Se sintió mal.

No podía estar allí por pena. No podía sentir lo que sentía por pena. Había algo más. Podía llamarlo curiosidad, morbo, fascinación, pero no pena. No sería justo.

—… así que este verano por fin voy a conseguir que me dejen aquí y no me arrastren a una playa hortera llena de guiris, ¡por Dios!

Leticia se iba con su familia. Tenían una casa en la Costa Brava. Para ella, el verano era marcha pura.

—¿Qué haces ahora? —preguntó Cristóbal.

–Voy a casa.

–Me refiero a qué estudias.

–Ah, perdona. Estudio informática. Me gusta manipular ordenadores, hacer programas y todo eso. Perdí un año y eso fue muy duro, porque me descentró por completo.

–¿Por qué lo perdiste? ¿Cateaste?

–No, estuve enferma. Tuvieron que operarme y la recuperación fue tremenda –se estremeció y dibujó una mueca de desagrado en su cara–. No quiero hablar de ello. Ha sido lo peor de mi vida.

Tuvieron que echar a correr porque a mitad de la calzada el semáforo se les puso rojo y las motos arreciaron su petardeo saliendo de ambos lados a toda pastilla. Una les esquivó haciendo un alarde de dominio. Llegaron a la acera corriendo y a los pocos pasos más Daniela se detuvo en una esquina.

–Vivo en esa calle –le indicó–. En el veintiuno.

–Pues yo no vivo muy lejos –se dio cuenta Cristóbal, que por primera vez reparó en qué parte de la ciudad se encontraban–. A cinco o seis minutos. Iba al instituto tres calles más abajo.

–Seguro que nos hemos cruzado una docena de veces –Daniela cinceló una sonrisa triste y nostálgica en sus labios.

–Es posible.

–Muchas personas creen en el destino. Piensan que si han de conocer a alguien, por más que hagan, acabarán conociéndole. Tal vez se crucen con él cien veces, pero si no es la ocasión…, no pasará nada. Hasta que sí llegue el momento decisivo –elevó los ojos al cielo y expandió una de sus sonrisas contagiosas–. Tenía una amiga que miraba a la gente desde la ventana y decía: «Mira, ahí abajo, en alguna parte, tiene que estar él. ¿Te das cuenta? ¿Cómo le reconoceré? ¿Y si me cruzo con él y en ese instante miro para otro lado?». Era genial.

–¿Dónde está ahora?

–Enamoradísima. Ya no piensa en tonterías.

–Me gusta verte reír –dijo Cristóbal.

–Lo dices por la primera vez...

–No, lo digo porque es cierto. Estás más relajada.

–Cristóbal –su rostro se ensombreció levemente–: El encuentro fue muy fuerte. Pero que no recuerdes nada también lo es. Ahora voy asimilando esto.

Iba a preguntarle si se sentía traicionada porque él no recordaba nada. Como si ella..., como si Ángela hubiese muerto por nada. No lo hizo. Daniela, sin embargo, supo leerle el pensamiento.

–A nosotros, el destino nos ha jugado una mala pasada, aunque estemos juntos de nuevo.

Cristóbal bajó la cabeza. Los días se alargaban más y más, pero había oscurecido muy rápido. Era como si de pronto no supieran qué más decir.

–Tengo que irme –anunció ella.

–¿Puedo subir a tu casa?

–No. Mi madre no es de las que dicen amén a todo. Es muy controladora. Y a esta hora están todos.

¿Por qué había hecho aquella pregunta?

–¿Y pedirte algo?

¿Estaba loco?

Iba a hacerlo.

Una fuerza interior le empujaba, superando su razón.

–Sí, claro.

–Un beso.

Daniela se puso muy roja, pero también se le notó un ramalazo de orgullo imposible de frenar. La turbación quedó rápidamente cubierta por él. Parpadeó mitad asustada, mitad feliz.

–Es justo –concedió.

Ella lo había besado a él.

Cristóbal se acercó. No supo si abrazarla o no, y sin darse cuenta siquiera, sus brazos y sus manos continuaron pegados a su cuerpo. Muy despacio, unió sus labios a los de Daniela.

El beso fue idéntico al de la primera vez.

Suave, dulce, tierno.

Las manos de ella, en su rostro, también.

Después se separaron y, sin decir nada más, Daniela se dirigió a su casa dejándole solo y confundido.

¿ACABABA de meter la pata?

No tenía ni idea.

¿Por qué lo había hecho?

No tenía ni idea.

¿Se había vuelto loco?

Eso sí, seguro.

Llegó a su casa sintiéndose nervioso, feliz, inquieto, aturdido. Las sensaciones iban y venían como latigazos. Unas veces le producían una enorme sensación de paz, y otras le desarbolaban como si en su mente se hubiera desatado un súbito huracán. Unas veces le disparaban la adrenalina, y otras le sumían en una depresión absoluta.

Tenía novia, aunque Leticia no lo llamase así.

Tenía la chica por la que había suspirado unos meses antes.

Y se dedicaba a besar a recién aparecidas que aseguraban...

¿Qué le estaba sucediendo?

¿Le daba pena Daniela? ¿Se sentía culpable ante ella? ¿Era por tener buen corazón?

¿Le gustaba?

Esa última pregunta era, sin duda, la más curiosa. Y no tenía respuesta posible. Lo único que sabía era que besarla había sido muy dulce, muy prometedor, muy distinto a todo lo que antes hubiese...

Al entrar en casa, fue directamente a la discoteca de sus padres. Tenían como quinientos LP acumulados de sus años jóvenes. Buscó algo de Human League, pero no lo encontró. Hubiera sido demasiado. A continuación fue a la habitación de su hermana. Ella no había llegado todavía y aquello era urgente, así que entró y revolvió entre sus CD. Sus padres tenían los discos por orden alfabético, pero Elena no. Tardó diez minutos en comprobar que tampoco allí había nada de Human League. Ni siquiera tenía idea de quiénes podían ser o de qué tipo de música hacían. Y, desde luego, era normal que Elena no tuviera nada de un grupo que había estado de moda veinte años antes, cuando ella tenía solo cuatro de edad.

Iba a su habitación cuando sonó el teléfono.

Llegó hasta él cuando sonaba el tercer timbrazo. Agarró el inalámbrico y esperó escuchar bien la voz de Leticia, bien la de cualquiera de los pavos que llamaban a su hermana. Pero se equivocó.

—¡Balín!

Era Santiago. Puso cara de circunstancias aprovechando que aún no existían los videoteléfonos y se dejó caer sobre la butaca contigua.

—Acabo de llegar.

—¿La has visto?

—Sí.

—¿Qué tal?

—No sé qué decirte.

—¿Habéis hablado?

—De muchas cosas, sí. Me ha contado... cómo éramos antes.

–¡Qué fuerte! ¿Y eras tan pardillo como ahora?

–Vete a la mierda.

–¿Ha habido rollo?

–¿Cómo que si ha habido rollo?

–Venga, va, ¿os habéis enrollado?

–Mira que eres bestia. ¡No!

–¿Pero no ha habido nada, ni un beso?

–Eso sí.

–¿Y?

–No sé. Es diferente.

–¡Jo, todas las tías lo son! ¡Todas tienen algo que las hace distintas, aunque tengan las mismas cositas!

–Porque tú solo piensas en lo mismo.

–¡A ver…, no voy a pensar ahora en meterme a monje!

Cristóbal tuvo la sensación de que no estaba solo. Giró la cabeza y vio a su hermana, con los brazos cruzados y una sonrisa maliciosa, en la puerta de la sala. No la había oído llegar, y mucho menos aparecer por allí. Existía confianza entre ambos, pero no quería seguir hablando de aquello con Santiago teniendo compañía.

–Debo colgar –se excusó.

–¿Oídos?

–Sí.

–¡Vaya por Dios! ¡Mañana me lo cuentas!

–Chao, pesado.

Cortó la comunicación pulsando el dígito correspondiente y alargó la mano para dejar el inalámbrico en su soporte. Elena entró sin borrar su sonrisa maliciosa de la cara. Se quedó de pie ante él.

–Si no fuera porque las chicas somos terribles cuando hablamos entre nosotras, diría que los chicos sois aún peores.

–Era Santiago.

–Ya, ya, por eso lo digo. ¡Anda que no me pega unos repasos visuales cuando me ve!

–Dice que estás muy buena, y que si él tuviera una hermana como tú...

–¡No quiero saberlo! –Elena se llevó las manos a los oídos.

–Bueno, para ser una anciana de veinticuatro años, no estás mal –la pinchó Cristóbal, combativo.

–¡Será posible, el bebé! –gritó ella.

Y se le echó encima inesperadamente, aprisionándolo contra la butaca mientras le hacía cosquillas. Uno de sus puntos débiles.

Cristóbal se echó a reír, intentó luchar, pero ella le tenía bien sujeto. Y además, era más fuerte. Un puro nervio. Siempre le podía.

–¡No, no, no..., quieta! ¡Ah! ¡Socorro!

Un minuto después, cuando llegó su madre, aún seguían igual.

Capítulo quinto

El despertar

Eʀᴀɴ las doce y media de la noche y no tenía sueño.

Con los auriculares del pequeño aparato de radio introducidos en las orejas, leía tumbado en la cama. Era un buen libro, y le gustaba, pero su cabeza estaba realmente en otra parte. Encima, cuando el locutor hablaba, no lograba concentrarse. Entre disco y disco atendía las llamadas de los oyentes, que le pedían canciones. No era de los gritones, pero le ponía énfasis a la cosa.

–Hola, ¿cómo te llamas?

–Gonzalo.

Y tras eso venían las preguntas típicas: ¿desde dónde llamas?, ¿qué edad tienes?, ¿qué estabas haciendo?, y otras. Luego el oyente formulaba la petición y los de control buscaban en los archivos la canción pedida, que casi siempre encontraban. Todo lo más, se demoraban unos minutos y entonces atendían otra llamada o satisfacían una petición anterior.

Cristóbal tuvo la idea mientras una chica que acababa de decir que tenía quince años le pedía al *disc-jockey* un tema de Pink Floyd de los años setenta.

Se quitó los cascos, se levantó de la cama, salió de la habitación y fue a buscar el teléfono inalámbrico. No hizo la llamada desde la sala. Se lo llevó con él de vuelta a la habitación. Una vez allí, marcó el número de la emisora, aunque estaba seguro de que tendrían la centralita saturada de llamadas y que le sería imposible comunicarse con el locutorio. Sus padres dormían al otro lado del piso y no iban a oírle. Elena no había regresado aún de su cita. A veces no entendía cómo su hermana era capaz de dormir solo seis horas.

Una voz femenina pronunció el nombre de la emisora y le preguntó qué deseaba. Le dijo que era para pedir un disco en el programa «La música de tus recuerdos». La voz femenina fue lacónica:

—Le paso.

Era increíble. Ni centralita colapsada ni nada. Se encontró hablando con alguien de control.

—Hola, ¿quién eres?

—Cristóbal.

—¿Qué disco quieres, Cristóbal?

—Algo de Human League, me da igual.

—No te retires. Vamos por el disco y luego te ponemos en antena, ¿vale? Puede que tengas que esperar dos o tres minutos, pero no cuelgues.

—Vale, vale.

Fueron exactamente seis minutos. A través del auricular escuchó cómo el locutor hablaba con otra chica y luego toda la canción que ella le había pedido. Poco antes de que terminara el disco, el del locutorio reapareció en su oído.

—¿Estás ahí, Cristóbal?

–Sí.

–Te paso.

–Gracias.

Acabó el disco y el presentador anunció que había otra llamada y que eran las doce y cuarenta y siete.

–Hola, ¿cómo te llamas?

–Cristóbal.

–¿Qué hay, Cristóbal? ¿Trabajas o estudias?

–Estudio; bueno…, ahora estaba leyendo tumbado en la cama mientras os oía.

–Eso es bueno, Cristóbal. Me refiero a todo, a que es bueno leer, a que es bueno estar tumbado en la cama y a que es bueno estar escuchándonos. ¿Qué edad tienes?

–Diecinueve.

–¡Mmm…! –cantó el locutor–. ¡La edad de las cerezas! ¿Tienes novia?

–Sí.

–Entonces para ti es la de los melocotones.

No entendía nada, pero tampoco iba a ponerse a preguntar. Se quedó sin saber qué decir.

–¿Qué disco querías escuchar, amigo Cristóbal?

–Uno de Human League.

–¿Alguno en particular?

–No, me da igual. Me han hablado de ellos y quería oír cómo sonaban.

–Así que no se trata de ninguna canción que bailaste con tu chica el día que os conocisteis.

–No, no.

–Pues te diré que Human League fue uno de los pioneros del *tecno* de los años ochenta. *«Tecno»*, sin hache en medio. ¿Y qué mejor que oír su primer y mayor éxito para ayudar a nuestro curioso amigo noctámbulo? –Cristóbal comprendió que eso era todo, que ya no iba a seguir hablando con él. Cortó la comunicación y se colocó apresuradamente los auriculares de la radio. Reemprendió la audición mientras el locutor anunciaba–: ¡Aquí tenemos a Human League con su sensacional *Don't you want me!* ¡Pura delicia para el recuerdo...!

Las alegres notas de un tema explosivo le llegaron a través de los auriculares. Le gustó de inmediato. A veces se sorprendía del montón de cosas buenas que desconocía. Estaba seguro de que si aquel disco se editara en este instante, sin decir que era de veinte años atrás, mucha gente joven lo compraría, lo bailaría y lo convertiría en un *hit*. La música de los años sesenta, los setenta y los ochenta era brillante. La de los cincuenta le sonaba más antigua, pero desde los sesenta, cuando los estudios de grabación empezaron a beneficiarse de la tecnología, no había grandes diferencias. Cada dos por tres se insertaba algo de esas décadas en un anuncio, y todos se volvían locos con el «hallazgo». Lamentaba conocer tan solo la música de los noventa y lo poco que llevaba del nuevo milenio.

La canción pasó como en un soplo vital, dejando en sus oídos, en su mente y en su espíritu un montón de buenas vibraciones.

Volvió la voz del locutor:

–¡*Don't you want me*, un disco editado a fines de 1981 que fue número uno en Inglaterra de inmediato, en diciembre, y en Estados Unidos un poco más tarde, en verano del año siguiente! ¡Se incluyó en el LP «Dare» y fue el primer gran éxito de estos sintetizados chicos de Sheffield! ¡Cristóbal ya conoce a Human League!

El locutor siguió hablando.

Pero Cristóbal ya no le oía.

La alarma se había disparado en su cabeza y estaba mudo.

Encontró la *Historia de la Música Rock* y la *Gran Enciclopedia del Rock de la A a la Z* en la tercera biblioteca a la que acudió. Por lo visto, la música moderna aún no entraba en la categoría de obras indispensables de los fondos editoriales de las dos primeras. En cambio, en la última tenían un buen surtido de bibliografía relativa a ese fenómeno, desde tratados hasta libros de historia, enciclopedias o biografías. La primera constaba de seis volúmenes y la segunda de cinco. Buscó la letra H en la segunda y se fue a una mesa con el tomo correspondiente.

Human League era un grupo cuyo sonido se basaba en los sintetizadores, al menos en sus comienzos de 1977. Al ver esa fecha se sintió más tranquilo, como si su zozobra de la noche anterior hubiese sido tan solo un mal presagio. Pero siguió leyendo y el mal presagio regresó, acompañado de una creciente inquietud. Su corazón empezó a latir con fuerza.

Oía la voz de Daniela diciéndole:

–Llevabas una camiseta de Human League. Eras fan suyo.

Una camiseta.

Fan.

Se concentró más en la lectura de la biografía.

Human League había publicado sus primeros discos en 1979, sin el menor éxito. En 1980 lograron entrar tímidamente en los *rankings* y entonces la banda se había fragmentado. De cuarteto sintetizado pasaron a sexteto mixto con *«glamour»*. Chicos y chicas con imagen y estética. No en vano fueron parte del movimiento de los New Romantics. En 1981 habían empezado a llegar los éxitos, y en diciembre de ese año, *Don't you want me* y el LP «Dare» habían sido números uno en Inglaterra. En Estados Unidos, el número uno llegó en el verano del 82. Exactamente lo que había dicho el locutor del programa de radio.

1981-82.

–Dios… –suspiró Cristóbal al tiempo que cerraba el volumen.

¿Podía un chico español como Andrés Bussons ser fan de Human League en 1980, y llevar una camiseta suya, si ni siquiera en Inglaterra estaban triunfando entonces?

Porque si las fechas eran ciertas y la historia exacta, Andrés Bussons había muerto antes del impacto de Human League.

Unos pocos pero decisivos meses antes.

Cristóbal se sintió mareado, y muy pesado, muchísimo. Apenas tuvo fuerzas para cerrar el libro.

Salió a la calle después de devolverlo a su estante y se enfrentó al mundo, al sol, a la gente, al tráfico y a las prisas. Todo le sonaba a burla. No entendía nada.

Y mucho menos el porqué de todo aquello.

¿Qué sentido tenía ahora la historia de Daniela?

La reencarnación de Andrés Bussons y Ángela Marsans.

¿Por qué?

Pensó en la posibilidad de un error. A pesar de todo. Eso le hizo apretar las mandíbulas. Si no era un error… Una densa oleada de rabia y furia le invadió. Nunca se había sentido así. Jamás. Y la única forma que tenía de averiguar la verdad era haciendo algo que en la vida hubiera imaginado que podría llegar a hacer.

Aunque ahora se sintiera dispuesto a todo y más.

La verdad lo merecía.

Se metió en un bar, pidió un refresco y la guía telefónica. Mientras se lo servían buscó la calle en la que vivían Victoria Marsans y Rosa Leite. Había siete números de teléfono, pero ninguno a nombre de alguna de ellas. Los anotó los siete, así como los apellidos, y tras beberse el refresco de un trago y pagarlo salió de nuevo a la calle. Buscó un lugar tranquilo, sin excesivo ruido de tráfico, y conectó el móvil que casi siempre llevaba apagado porque nunca se acordaba de ponerlo en marcha al salir de las clases. Marcó el primero de los números del listado.

Contestó una voz de hombre. Obviamente, no era el piso de las dos chicas. Le preguntó si sabía su teléfono y le dijo que no de malos modos antes de colgar. Marcó un segundo número.

—¿Diga? —escuchó una voz cargada de años.

—Disculpe, señora. Estoy tratando de llamar a las dos chicas que viven en el último piso, pero sus apellidos no vienen en la guía y no tengo más remedio que probar con todos los teléfonos de la escalera. No quería molestarla.

—Ah, bueno, es que el piso es alquilado —entonó la voz despacio y revestida de paciencia—. La propietaria es la señora Cremona, Anastasia Cremona. Seguro que el teléfono aún está a su nombre.

Era cierto.

—Gracias, ha sido usted muy amable.

—No hay de qué, joven.

O era vidente, o lista. Le había llamado «joven».

Marcó el número definitivo.

—¿Sí? —reconoció la voz de Victoria Marsans.

—Hola, soy Cristóbal, estuve en tu piso hace unos días —dijo, cauteloso.

—Tengo un poco de prisa —le advirtió ella.

—¿Puedo hacerte solo una pregunta?

—¿Sobre mi hermana Ángela?

—Sí.

—Adelante —lo invitó tras una breve pausa.

—¿Creía en la reencarnación?

—¿Es una broma? —dijo Victoria Marsans.

–No, es en serio.

–Mira, mi hermana era una soñadora, idealista romántica y loca enamorada, pero no llegaba a tanto, amigo.
Y eso sí lo sé. ¿Algo más?

Sí, tenía una pregunta más, pero ese era su riesgo, lo
que él mismo tendría que averiguar para confirmar las palabras de Victoria, jugándose el tipo. Ahora ya no quedaba
otro remedio.

Era la clave.

–No, gracias –se despidió.

–Chao.

Voz y «clic» final se confundieron en el auricular del
móvil.

L LEGÓ muy temprano, a una hora impropia, para estar
seguro, y se apoyó en la esquina más cercana para no perder de vista el viejo edificio en el que vivían Rosa Leite, la
anoréxica del pelo verde, y Victoria Marsans, la hermana
pequeña de Ángela Marsans. Probablemente era demasiado,
pero no podía esperar ni siquiera un día más. Ya había perdido el fin de semana pensando, discutiendo con Leticia,
dándole vueltas a todo aquello en la cabeza.

Transcurrieron casi dos horas.

Victoria fue la primera en salir de la casa, a las nueve
y diez. Vestía con comodidad no exenta de gusto y echó a
andar justo en su dirección. Tuvo que meterse de golpe en
una tienda sin reparar en que se trataba de un comercio de
ropa interior femenina. Mientras Victoria pasaba por detrás
de él, se encontró frente a una señora de mediana edad que
le preguntó qué quería. Se puso blanco y tartamudeó algo
de un regalo para su madre. La señora quiso saber qué ta-
llas usaba y se quedó aún más blanco.

–Volveré cuando lo sepa –anunció un atribulado Cristóbal mientras emprendía la retirada.

Se cambió de esquina. No habría tenido sentido mantener la vigilancia desde allí, con la señora observándole y sospechando desde la tienda. Igual creía que era un terrorista y llamaba a la policía. Pasó por delante del edificio, siguiendo la acera frontal, y se apostó al otro lado de la no muy larga calle.

Otra hora.

Rosa Leite no parecía tener un trabajo o unos estudios con horario específico.

A las diez y veinte, su capucha de pelo verde emergió del portal.

Victoria Marsans no iba a regresar, así que, para estar seguro, siguió a Rosa Leite. No fue durante mucho rato. La chica se apostó en una parada de autobús y tras esperar cerca de diez minutos se subió a uno.

Cristóbal echó a correr hacia la calle en que vivían las dos chicas.

No perdió ni un solo segundo. El portal del edificio seguía con la cerradura de la puerta rota, así que subió a la carrera, saltando los peldaños de dos en dos por la angosta escalera. Por mera precaución llamó al timbre. Como esperaba, nadie abrió. Ningún novio gandul se había quedado a pasar la noche allí.

Alargó la mano, tanteó la parte superior del marco de la puerta y encontró la llave que había visto utilizar a Paco unos días antes. Contuvo un ramalazo de alegría. Abrió sin hacer ruido y volvió a dejar la llave en su sitio. Una vez dentro, cerró con cuidado y se aseguró aún más de su soledad.

–¡Hola!

Nada.

Todo estaba en desorden. Una y otra habían salido sin prestar demasiada atención a la limpieza de su piso. Ropa, platos de la noche anterior, una caja con restos de pizza, latas de refrescos y un largo etcétera constituían la flora visual inmediata. Pasó entre todo ello y metió la cabeza por la puerta de la habitación de Rosa. La jungla se hacía allí más salvaje e inhóspita, pero no era su destino. Entró en la de Victoria, un poco más ordenada, y ya no perdió el tiempo.

¿Dónde podía guardar una chica el último recuerdo de su hermana muerta?

Comenzó por el mueble de cajones ubicado a los pies de la cama. Los abrió uno a uno, sin desordenar nada por si la chica reparaba en que alguien había estado husmeando. No encontró lo que buscaba. Allí solo había ropa. Pasó a una mesita también llena de cajones junto a la cama, pero aún encontró menos cosas relevantes, salvo las intimidades de Victoria Marsans. Le quedaba el armario.

Se sintió un poco perdido al abrir las puertas.

Arriba vio muchos libros, casi todos escolares y de estudios universitarios. Se mezclaban con cajas en las que había desde cartas a fotos y desde zapatos a recuerdos de adolescencia, posavasos, entradas de teatro y otras curiosidades. Pero nada parecido a un diario, que por otra parte podía ser pequeño, una mera libreta.

Sin embargo, no era probable que ese diario estuviese entre los libros y las carpetas escolares.

En el armario también había una parte con cajones.

Abrió el primero de todos.

Y lo encontró.

Era una gruesa libreta de muchas páginas, abultada por estar escritas la mayoría, y en cuya superficie podía leerse una sola palabra: «Ángela».

Victoria Marsans había dicho, para responder su pregunta en torno a si Ángela creía en la reencarnación: «No llegaba a tanto... Y eso sí lo sé». La única y mejor forma que pudo haber tenido para saberlo era leyendo el diario de Ángela. Ese diario que dijo haberse quedado como recuerdo de su hermana desaparecida.

Después de la incertidumbre en torno a lo de Human League, la clave de lo que sucedió veinte años antes tenía que estar en aquellas páginas.

Podía leerlo allí mismo, pero seguía siendo un riesgo. Tanto si tardaba una hora como si tardaba menos, lo haría inquieto, intranquilo. Así que decidió culminar su allanamiento de morada con un nuevo delito: robo, aunque fuese temporal.

Salió del piso de las dos chicas con el diario oculto bajo la cazadora tejana y llegó hasta la calle. Luego se metió en la tasca de la otra vez, en la acera de enfrente y a unos quince metros del edificio. Vio al mismo hombre tras el mostrador, y pensó que incluso los parroquianos que bebían vinos eran los mismos, como si no se hubieran movido para nada de allí. Pidió un refresco y se enfrentó a la última verdad.

Casi pudo escuchar la voz de aquella desconocida.

Retumbaba en su cabeza, percibía su matiz, le acariciaba con su tono. Tenía su fotografía impresa en la mente, y ahora la veía moverse, hablar, reír, llorar. Empezó a sentirse culpable por aquel ultraje. Ángela Marsans llevaba veinte años muerta. Lo que hacía era vergonzoso.

Pero se trataba de su vida.

Si la historia de Daniela era cierta...

Pasó algunas páginas y empezó cerca del final. Una fuerza imperiosa le impedía mirar la última de las que estaban escritas. No, antes tenía que conocer un poco más la historia, saber qué había sucedido, comprender la evolución de aquel amor, de aquella chica que fue capaz de matarse por dolor.

La voz de Ángela Marsans...

«Ese chico que vi el otro día en la parada del autobús, hoy volvía a estar en ella. Nos hemos mirado. Me gusta. Es muy dulce, tiene una carita de pena que asusta, y unos ojitos de carnero degollado... Parece inseguro. Si le vuelvo a ver, le preguntaré algo. A ver qué pasa. No sé, desde esa primera vez sentí un hormigueo en el estómago, y con lo de hoy... Si vuelvo a verle, lo haré, sí. Tres veces ya no será una casualidad».

Dos páginas más allá:

«Ya está. Hemos hablado. Se llama Andrés y es muy simpático. Muchísimo. Ha vuelto a estar en la parada y he cumplido lo que me dije: le he preguntado si tenía hora, después de esconderme el reloj. ¡Qué cara tengo! No sé si se ha notado mucho, pero... Él se baja una parada después que yo, así que vivimos cerca. Ahora mismo estoy nerviosa. Me pregunto por qué. ¿Tanto me gusta?».

Algunos días sin anotaciones. Después..., todo cambiaba.

«Me ha besado. Dios... ¡Me ha besado! No sé cómo no me he muerto de alegría. Es lo más dulce, tierno, suave, mágico y arrebatador del mundo. Jamás hubiera imaginado que el amor fuese así. Creía que..., en fin, no sé. Es la primera vez que siento todo esto. Ahora mismo no puedo respirar, me zumba todo, los oídos, la cabeza... Ahora comprendo que todo lo de antes no fueron más que fuegos de artificio. Incluso cuando perdí la cabeza por Germán. ¡Qué tonta! Claro que solo tenía catorce años. Creo que Andrés es toda mi vida, ha llegado, está aquí. Me ha bastado con mirarle a los ojos hace un rato, cuando nos hemos separado abajo, en la calle. Sus ojos no mienten, sus manos no engañan, sus labios han sido fuego, pasión, deseo, pero también amor, amor, amor. ¡Estoy enamorada! ¡Oh, Dios, por favor, haz que esto no sea un sueño!».

Había más y más páginas describiendo sentimientos. Largas parrafadas llenas de pasión descritas con muy buen tono y mejor vehemencia. Ángela era más que romántica. Era una enamorada del amor. Había un antes y un después. Y el después era Andrés. No existía nada más.

Cristóbal tenía la garganta seca.

Todavía se negaba a pensar.

Tenía ya las pruebas acerca de la verdad, acerca de lo que Daniela le había contado. Pero continuó leyendo.

Se obligó a buscar más, y más.

«Quiero vivir con él, ya, ya mismo. No puedo esperar. Me gustaría que pudiéramos estar juntos para siempre. Ahora, el tiempo se me hace muy corto cuando estoy a su lado, y muy largo cuando no le tengo junto a mí. Pero se me hace aún más enorme al pensar en lo que tal vez nos falte para poder estar juntos siempre. Le necesito. Es mi aire, mi luz, mi sol, mi vida, mi todo».

Y entonces, el primer indicio:

«Andrés ha ido al médico. Lleva demasiados días agotado. No es lógico. Espero que no sea nada».

Y la enfermedad:

«En cama. ¿Cuánto tiempo? No podremos pasear, ni ir al cine, ni estar juntos, ni besarnos a solas, ni nada. Su madre no le deja solo ni a sol ni a sombra. Pero lo peor es que no me dicen nada. Me consideran una intrusa. Y puedo ver sus caras. Algo no va bien. Algo está pasando. ¡Oh, Andrés, por favor, ponte bueno, por favor, por favor, por favor!».

Después, muchos días sin anotaciones, casi un mes.

La crónica invisible de una muerte anunciada.

Hasta aquel párrafo.

«Es inminente. Todo se va a terminar y yo ya no tengo más lágrimas. Creía que la muerte no existía. Creía que era una pesadilla ajena. Pero es real. No podré soportarlo. Estas últimas semanas han sido un infierno, pero tenía esperanzas, le rezaba a Dios... Por favor..., por favor... No quiero estar sola sin él. No quiero. Me volveré loca. Me moriré».

Unas pocas páginas más, todas iguales, todas desesperadas, todas hablando de la vida y la muerte, del dolor y la agonía, de la soledad y la desesperación.

Hasta aquella última página escrita.

Siete de mayo de 1981.

El día en que Ángela Marsans se había quitado la vida.

Veinte años antes.

«Lo siento, no puedo más. Perdonadme todos. No quiero haceros daño, pero si viviera, me lo haría yo a mí misma. Lo siento, lo siento, pero le quiero. Le quiero más que a mi vida. Ayer supe que nada vale la pena sin él. No puedo dejar que permanezca solo en esa tumba toda la eternidad. Haya lo que haya en ese más allá del que tanto hablan, estaremos juntos. Nada tiene sentido sin Andrés».

Tuvo que reprimir unas lágrimas.

Cerró el diario y miró al frente, hacia la calle.

Quería llorar por Ángela Marsans, porque todo su dolor acababa de alcanzarle de lleno al regresar desde el pasado. Quería llorar por lo que había hecho, yendo a ver a la madre de Andrés Bussons, a la hermana de la suicida, y por haber tenido que robar aquellas páginas tan vivas y llenas de amor. Y quería llorar por sí mismo.

Porque lo que más sentía era rabia.

Por Daniela, por sus mentiras, por lo que había estado a punto de producirle a él.

Ni siquiera entendía el motivo.

Pagó la consumición, salió del bar, volvió a subir al piso de las dos chicas y dejó el diario donde lo había encontrado. Después regresó a la calle y echó a andar sin rumbo.

Solo.

Pero, ante todo, tan desconcertado como furioso y abatido.

DANIELA salía de su casa envuelta en sus pensamientos. Se detuvo incluso antes de verlo, como si le percibiera. Alzó la cabeza, miró a la otra acera y se encontró con él. Sonrió y cruzó la calle.

La sonrisa fue desapareciendo hasta morir a medida que pudo apreciar su seriedad, la dureza de los ojos, el sesgo cerrado de los labios. Cuando llegó hasta Cristóbal ya no sonreía. Su expresión estaba cubierta de tiniebla.

No habló. Lo hizo él:

–Human League tuvo su primer éxito internacional a fines de 1981 y comienzos de 1982. Andrés no podía llevar una camiseta suya en 1980. Es casi imposible. De todas formas, ese fue tan solo el primer indicio. Cabía la posibilidad de que, a pesar de todo, sí fuese cierto, ya que el grupo existía en Inglaterra en 1980.

Daniela no dijo nada.

–Pero sí hay una certeza infalible –continuó Cristóbal–. Ángela y Andrés se conocieron cogiendo el autobús. Ella le preguntó la hora la tercera vez y ahí empezó todo.

Ahora sí, ella cerró los ojos.

–Ángela Marsans no creía en la reencarnación –le dio la puntilla él.

La escena se congeló por espacio de tres segundos.

La voz de Cristóbal ya era lo bastante dura, pero se convirtió en flagelo con el siguiente latigazo verbal:

–¡Di algo, maldita sea!

Daniela tuvo un sobresalto. Se agitó y abrió los ojos. Pareció a punto de desmayarse, de perder el equilibrio al doblarse sus piernas, de echar a correr. Pero no hizo nada de todo eso. Siguió enfrentada a aquella mirada tan amarga, tan cargada de reproches. Incluso percibió la frustración de su compañero.

El extraño sentimiento de la desesperación.

–¿Por qué? –preguntó Cristóbal agotado, menguando la crispación.

–¿Cómo… lo has sabido? –logró articular la chica.

–¿Me tomas por idiota? Ya te dije que fui a casa de la señora Bussons, y a ver a la hermana de Ángela.

–Pero ellas…

–Lo de la camiseta de Human League fue la primera pista. Te equivocaste en unos meses. He tenido la certeza cuando he leído el diario de Ángela Marsans, para estar seguro de una vez por todas.

–Oh, Dios –Daniela se llevó una mano a la boca.

–Eso no entraba en tus planes, ¿verdad? Creías que, simplemente, vería los periódicos, comprobaría que ellos habían existido y tragaría sin más. Así de fácil.

–Cristóbal… –Daniela extendió su mano derecha.

Él se apartó hacia atrás.

–No –movió la cabeza despacio, horizontalmente, y apretó las mandíbulas–. ¿Cómo pudiste hacer algo así? ¿Es un juego, una apuesta, soy el pardillo al que había que tomar el pelo?

–¿Por qué no preguntas algo más simple?

–¿Qué?

–¿Cómo pude enamorarme de ti hasta llegar a esto? –musitó Daniela, tan despacio que cada palabra surgió como una brasa cárdena de su aliento.

–¿Enamorarte... de mí? –Cristóbal mostró su incredulidad.

–Con toda mi alma –suspiró ella.

–¿Estás loca?

–No, todo menos loca –Daniela esbozó una sonrisa de pesar–. Una loca no hace todo lo que yo he hecho. Una persona enamorada, sí. Una vez leí que por amor se hacen las cosas más estúpidas, pero también las más grandes y maravillosas.

–¿Llamas grande y maravilloso a esto?

–Cuando me besaste supe que sí lo era, que había valido la pena.

–No es verdad.

–Sí lo es, y lo sabes. Por eso estás tan furioso.

–¡Estoy furioso porque has jugado conmigo, con mis sentimientos, porque casi me has hecho creer que tenía otro pasado, porque desde que te conocí, mi vida ha cambiado! ¡Por eso estoy furioso! ¿Quién eres?

–La reencarnación de Ángela Marsans, ¿por qué no? –Daniela se encogió de hombros y casi le desafió con la mirada–. O de cualquier otra, ¿qué más da? Yo sí creo en la reencarnación. Creo firmemente en ella. Me niego a pensar que cuando muera desapareceré. Me niego a creer que lo que soy es producto de la casualidad. ¡Tiene que haber algo más que le dé sentido a todo! Por eso creo en ella. Y por eso pensé que esta era una buena historia. Todas las historias de amor lo son…, mientras duran.

–No has contestado mi pregunta. ¿Quién eres?

Daniela miró a su espalda, al edificio del que había salido.

–Por favor, vámonos de aquí –pidió–. Aunque sea hasta la vuelta de la esquina.

Caminaron en dirección a la esquina más próxima. Unos veinte metros. Nada más doblarla, él se detuvo y la arrinconó contra la pared. Daniela apoyó la espalda en el muro y se cruzó de brazos, más como calor para sí misma que por defensa. No rehuyó la mirada de Cristóbal. Parecía haberse estabilizado en una extraña paz. Una isla en mitad de la tormenta.

–Ahora habla –la apremió él.

–¿De veras quieres que lo haga?

–¡Sí!

–¿Has amado alguna vez sin esperanza? –le preguntó ella de pronto.

–No.

–¿Nunca has tenido una vecina guapa cinco años mayor que tú, ni alguien por quien soñaras en secreto, ni…?

–No –repitió Cristóbal.

–Tienes suerte –le cubrió con una mirada de dulce ternura–. Yo sé lo que es amar hasta el límite del amor, doliéndote partes de tu cuerpo que ni siquiera sabías que existían. Sé lo que es amar a un chico que va un curso por delante de ti en el instituto, y que ni sabe que estoy ahí. Sé lo que es amar sin esperanza, sin razón, sin entender por qué él y no otro. Sé lo que es soñar mientras todas tus amigas se ríen y te toman el pelo. ¿Quieres que siga?

–¿Íbamos juntos… al instituto?

–Sí.

–Dios… –el golpe fue un disparo en mitad de su conciencia. Se tambaleó al acusarlo.

–Te lo habría contado todo más adelante, pero primero tenías que enamorarte de mí.

Los ojos de Cristóbal se abrieron como platos.

–¡Esto es increíble! –alucinó–. ¡Realmente sí estás loca! ¡De atar!

Daniela ya no pudo evitarlo. Bajó la cabeza y se echó a llorar. No se tapó la cara ni se frotó las lágrimas. Dejó que ellas corrieran libres por su rostro.

–¿Te das cuenta de lo que has hecho? –mantuvo su crispación Cristóbal.

–Lo… siento –gimió ella.

–¡Fui a ver a esa mujer para hablarle de su hijo, y robé el diario de Ángela Marsans para leer lo que nadie debía haber leído jamás porque era de esa pobre chica, y llevo todos estos días sin saber si soy yo u otra persona! ¡Estaba empezando a creerte!

–Cristóbal, por favor…

Hizo ademán de apartarse, como si quisiera empezar a correr, pero él le cortó el paso. Algunos transeúntes les miraban con cara de sospecha. Pero ellos dos ni se dieron cuenta.

–¡No se puede jugar con las personas ni con sus sentimientos! –gritó aún más Cristóbal.

–¡No era un juego!

El grito de Daniela, tanto o más que su reacción, le sorprendió por su súbita fuerza. El rostro de la chica había cambiado de golpe. Ahora la cubrían nuevas fuerzas recién surgidas de su ánimo quebrantado.

–¿Qué era entonces? –pudo pronunciar el muchacho.

–¡Me enamoré de ti! –le escupió a la cara cada palabra–. ¿Qué pasa? ¿Te molesta que te quieran? ¡Lo siento, lo siento! ¿Hice mal? ¿Es un pecado? ¿No debía? ¡Pues sucedió! ¡El amor no se escoge: aparece; ni tiene un tiempo adecuado: surge cuando menos te lo esperas! ¡Yo tenía catorce años, pensé que era el clásico primer amor imposible, pero no lo fue! ¡Cada día que pasaba era mejor y peor, mejor porque sabía que era un amor real y peor porque com-

prendía que no saldría bien! ¿Quién era yo? Solo una chica
más en la escuela, un curso por detrás de ti, todavía sin de-
sarrollar por entonces, más plana que una tabla de planchar,
llena de complejos, con lo de la ortodoncia y... qué sé yo...
Tú eras tímido, y parecías vulnerable, pero incluso así, jamás pude acercarme a ti, y menos aún hablarte. Lo sabía
todo de ti, pero... Y para postre, caí enferma a los quince
años. Perdí un curso, y cuando regresé, tú ya te habías ido.
¡Adiós, sueño! Casi me resigné. No te había olvidado, pero
sí me hacía a la idea de que nunca más volvería a verte. Y
entonces... apareciste. Una tarde, te vi por la calle, te seguí
hasta tu casa y... todo volvió, ¿entiendes? ¡Todo! Miles de
chicas se enamoran en el instituto sin esperanza, y miles
de chicos también. Luego, todo termina. No tenemos valor
para dar el paso, por miedo, vergüenza..., no lo sé. Algunos
y algunas tienen cara, jeta, y dan el paso. Pero la mayoría,
no. Incluso por si la otra persona decide aprovecharse.
¡Pero al verte, supe que yo tenía una esperanza!

—¿Por qué no te tropezaste conmigo, buscaste otra
forma de...?

—Te vi con una chica, y mucho más guapa que yo. Tenía que hacer algo distinto y rápido, algo... Dios, ¿qué más
da? —se llevó la mano derecha a la cara y se cubrió los ojos
con ella—. Conocía la historia de Andrés y Ángela porque
me habían hablado de ella. Una historia trágica, pero muy
hermosa. Entendí a Ángela. Nunca hubiese hecho algo
como lo que hizo ella, jamás, porque amo la vida aunque
me duela, pero me sentía identificada con su dolor. Fui al
periódico, leí lo que sucedió, y había muchos asombrosos
parecidos, la diferencia de edad, detalles... Yo sabía
cómo eras, lo de tu mancha en la espalda, lo del número
siete, qué estudiabas, lo de tu timidez... Lo sabía todo desde el instituto. Así se me ocurrió el plan. ¿Descabellado?

Qué más daba. Precisamente por serlo, podía funcionar. Con él, salvo que desde el primer momento no creyeras nada, tendríamos que vernos, conocernos... Necesitaba una oportunidad. Pensaba que, de alguna forma, mi amor te alcanzaría y tú reaccionarías.

Las últimas palabras fueron susurros apenas audibles. Había dejado de llorar y tenía la mirada vacua y perdida en alguna parte entre los dos. Cristóbal ya no sabía si quería ahogarla con sus manos o...

¿O qué?

–Toda mi vida ha estado a punto de... –expresó dolorido.

–¿De qué? –Daniela volvió a mirarle a los ojos.

Tal vez lo comprendiera. Tal vez no. Tal vez solo fuera instinto. Tal vez el último destello de impotente ira. Cristóbal se sintió súbitamente agotado.

–Dilo, Cristóbal –insistió Daniela–. ¿De qué?

Aquella expectante esperanza albergada en su tono, y sobre todo en sus ojos, le hizo daño.

–No vuelvas a acercarte a mí –se escuchó decir a sí mismo.

Luego, de forma inesperada, se apartó de ella y comenzó a andar.

–Cristóbal, por favor...

No volvió la cabeza. Aceleró el paso.

–¡Cristóbal!

Más.

–¡Ha pasado ya, Cristóbal! –el eco de la voz de Daniela lo envolvió igual que un sudario–. ¡Ha pasado y lo sabes! ¡Recuerda tu beso! ¡Recuerda qué sentiste! ¡Recuerda, Cristóbal!

Acabó echando a correr para apartarse cuanto antes de aquel vértigo que le acorralaba.

Capítulo sexto

El desenlace

La música sonaba estridente en la habitación. Retumbaba por las cuatro paredes y convergía en el puro centro de su mente, buscando una expansión imposible.

Porque en su mente anidaba el vacío.

Así que la música se detenía allí, incapaz de penetrar y llenarle. Desaparecía en la nada perpetua instalada en la frontera de su percepción. Era como tratar de pasar de una dimensión a otra.

¿Por qué?

Cristóbal cerró los ojos, inspiró despacio, largamente, sintió cómo los pulmones se llenaban de aire. Lo retuvo en su ser unos segundos y luego lo expulsó tan despacio como lo había inspirado. Deseaba gritar y no podía. Deseaba estar enfadado, pero en realidad lo que sentía era decepción. Deseaba recuperar la furia, pero la tristeza se mantenía inalterable.

Tenía que pensar en todo ello.

Su timidez se debía a que nunca había entendido a las chicas. Le superaban. Crecían antes, maduraban antes, se hacían mujeres antes que los chicos tuvieran una idea de ser hombres, leían más, tenían más sentimientos, eran más intensas. Y, encima, hacían cosas absurdas para reforzar esas sensaciones. Absurdas y sin aparente sentido, aunque lo tenía casi siempre.

Ángela Marsans se había quitado la vida por amor, absurda y estúpidamente, pero fue capaz de hacerlo. Daniela se había inventado toda aquella increíble historia por amor, tan absurda y estúpidamente como Ángela Marsans aunque en otro sentido, pero había sido capaz de llevar a cabo su descabellado plan.

Y casi, casi, lo había conseguido.

Cristóbal abrió los ojos y miró el techo.

¿Casi?

¿Y si todo se reducía a eso? ¿Se sentía triste porque la historia de la reencarnación era falsa? ¿Se sentía burlado y traicionado no por el engaño en sí, sino porque significaba el fin de un bello sueño romántico? ¿Se había acostumbrado a su papel de reencarnado, a modo de héroe sentimental?

Ángela lo hizo. Daniela lo había hecho. Leticia nunca lo haría.

¿Cuántos amores con billete de ida únicamente flotaban en los caminos de la vida?

Nunca habría imaginado que en el instituto...

No oyó que llamaban a la puerta de su habitación. Se abrió y por el hueco apareció Lola, su madre, con cara de congestión debido a la saturación que el estridente *riff* de las guitarras que en ese momento dominaban el reducido espacio provocaba sobre sus pabellones auditivos.

Los pensamientos desaparecieron de la mente de Cristóbal. El chico alargó la mano y bajó el volumen decibélico.

Su madre no se quejó por la música.

–¿Estás bien? –quiso saber.

–Sí, ¿por qué? –respondió él.

–Están poniendo fútbol por la tele.

–No me interesa el partido.

–Ah.

Se quedó mirándole con cara de experta. Es decir, con cara de madre veterana que contempla a su hijo post-adolescente sabiendo que acaba de mentirle, pero fingiendo que se traga el embuste porque para algo el hijo post-adolescente necesita enfrentarse a los problemas de la vida y resolverlos por sí solo. Sin olvidar que, en caso desesperado y necesario, para eso están los padres.

Cristóbal también la miró a ella.

Lola curvó hacia arriba la comisura del labio por la parte derecha.

–¿De qué te ríes? –preguntó su hijo.

–De nada.

–¿De nada?

–Es lo mismo que lo tuyo con el partido.

–Ah.

–Pero la última vez que yo puse la música a toda potencia en mi casa y me tumbé en la cama, es porque estaba bastante alucinada después de darme cuenta de que estaba enamorada de tu padre.

–Pues deberías ponerte de vez en cuando la música a toda pastilla y sumergirte en ella –dijo él–. Ayuda.

–Sí, ¿verdad?

Ella seguía en la puerta. Estaba a punto de irse y dejarlo solo. Ahora la música sonaba muy baja, apenas audible a modo de vago rumor.

–Mamá.

–¿Qué?

–Te quiero.

La mujer se apoyó en el marco, igual que si hubiera recibido una andanada invisible de energía. Parpadeó dos o tres veces fingiendo una conmoción que no sentía, al menos en aquel grado teatral.

–Un momento –suspiró–. A ver, repítelo.

–Va, tonta –casi se arrepintió al momento de haberlo dicho.

–No, no, es que... –continuó la comedia–. No querrás algo, ¿verdad?

–¿Por qué los mayores sois tan interesados siempre? –la pinchó Cristóbal–. Socaváis nuestra inocencia y nos empujáis a la dureza de la vida de golpe.

–Hombre, tampoco te pases –se echó a reír su madre.

–Va, déjame solo, que estoy decidiendo si me hago monje budista y paso el resto de mi vida en el recogimiento más absoluto, o si me hago empresario, gano dinero a espuertas y puteo al personal como está mandado.

Lola acabó de entrar en la habitación, llegó hasta la cama de su hijo, se inclinó sobre él y le dio un beso en la frente.

–Yo también te quiero, y aunque lo sabes, es bueno que te lo diga. Y a la recíproca –le acarició con una mano además de con las palabras. Regresó a la puerta y, ya desde ella, antes de salir y cerrarla, agregó–: Y no te hagas ni lo uno ni lo otro, hazme caso. Todo lo más, y suponiendo que aún estés a tiempo, futbolista. O actor de Hollywood. Me encantaría conocer a Kevin Costner.

Cristóbal miró la puerta ya cerrada.

Por lo menos no estaba solo. Nunca lo estaría.

Tenía padres, hermana, un amigo...

¿Leticia?

Volvió a subir la música y continuó en silencio bajo su manto sónico, dejando que la catarsis melódica penetrara en él a pesar de su impermeable coraza.

Creyó ver a Daniela en mitad de sus pensamientos, surgiendo de la nada y a contracorriente, pero descubrió que aquella chica no tenía rostro.

Santiago se lo tomó con calma antes de decir cualquier cosa.

Primero miró largamente a Cristóbal, buscando un atisbo de burla, un asomo de ironía en cuanto acababa de contarle. Después, al darse cuenta de que todo iba en serio, se quedó boquiabierto, estupefacto. Por último, escogió la palabra adecuada para la situación.

—Demasiado —dijo con tacto.

Cristóbal le había pedido que le dejara hablar sin interrumpirle. La parquedad de su amigo lo desconcertó un poco.

—¿Eso es todo?

—¿Qué quieres que te diga? Es una pasada.

—Dime la verdad, qué te parece.

—Pues que es alucinante. Esto lo pillan en Hollywood y menuda película.

—Déjate de películas, tío —protestó Cristóbal.

—Si es que es muy fuerte… Típicamente tuyo.

—Hombre, gracias.

—No, si lo digo en plan positivo —Santiago hizo un gesto categórico—. ¡Menuda potra tienes!

—¿De qué estás hablando?

—Ninguna pava se ha enamorado de mí en párvulos y hoy aún es capaz de inventarse un cirio como ese por mis huesos. Eres un tío con suerte.

–¡Vete a hacer puñetas! ¿Hablas en serio?

–Totalmente. ¿No me digas que estás preocupado?

–¡Estoy cabreado!

–Pues no sé por qué –insistió Santiago–. Tienes a una tía enamorada hasta el punto de montarse la historia más alucinante que jamás haya oído. Eso es echarle imaginación, y ganas, y…, bueno, de todo. La mitad de la gente que conozco daría lo que fuera por algo así. ¡Si hasta parece un amor de los de antes, tú, de rompe y rasga! ¡Es total!

–Y yo que te lo he contado buscando apoyo –suspiró Cristóbal.

–¿Qué querías, una palmada en el hombro y un «pobre Balín»? Pues no, oye. Envidia me das, so jodido. Te has ligado a una tía buena como Leticia, aunque no sea tu tipo –lo intercaló para que quedara bien claro–, y ahora tienes a otra que le besaría el culo al diablo por ti. Si eso no es suerte…

–¡Te acabo de decir que fui a ver a la madre de ese chico, y que robé el diario de la hermana, y que…!

–¡Déjate de gilipolleces! –alzó la voz Santiago–. Has hecho lo que has hecho y punto, ya está. ¡No ha pasado nada! ¡Ni el Pepe Carvalho lo habría hecho mejor! ¡Un diez para ti! Pero que quede algo claro, por si aún no te has dado cuenta: si has seguido todo este pollo, es porque ella te gusta y te seducía la historia de la reencarnación. Ahora ha sido un montaje, bueno, ¿y qué? ¿Vas a dejarla escapar?

–¡Me ha tomado el pelo! ¡No voy a volver a verla!

–Pues yo le habría dado un repaso. Lo estaba pidiendo a gritos.

–Eres un bestia.

–Mira. Un repaso le habría bajado la tontería si es que es solo eso, una tontería. Esas crías…

–¡No es una cría, tiene dieciocho años y cumple diecinueve en julio!

–Bueno, una cosa sí es cierta: las románticas no tienen edad –Santiago parecía hablar desde las profundidades de su experiencia, pero lo hacía en serio.

–Sabes perfectamente que hay crías de veinte años y mujeres de quince –objetó Cristóbal–. Y ella no besaba como una de quince. Pero te diré algo más: no ha sido una tontería. Tenías que verle la cara cuando hablábamos, o incluso cuando la descubrí. No tengo mucha experiencia, pero sé ver el amor donde lo hay. En ese sentido ella es genuina, auténtica.

–Entonces es que eres demasiado buena persona –su amigo le escrutó con la mirada–. ¿Te da lástima?

–Supongo que sí –aceptó él.

–¿Lo ves? –Santiago hizo un gesto categórico–. No puedes odiarla a pesar de todo, y como en el fondo te gusta, te da por sentirte superior y querer perdonarla.

–¿Quién te ha dicho que me gusta?

–Tal como hablabas de ella, y tal como me has contado las cosas que te ha dicho, y cómo te las ha dicho… Yo creo que está más claro que el agua. Y gustar es poco. En el fondo pienso que te has colado por ella.

–¡No!

–Te conozco, Balín.

–Toda esa historia me ha producido curiosidad. Era… muy fuerte, tú mismo lo dijiste. ¡La reencarnación de Andrés Bussons, y ella, la de la novia suicida! ¡Vamos, hombre!

–¿Por qué será que cuanto más seguro pareces y más terminantemente hablas, menos me fío de lo que me estás largando? –dijo Santiago–. Escucha, pedazo de carcamal: a los tíos, cuando nos lo ponen todo en bandeja…

–Pues no se trata de eso.

–A ver, mírame –Santiago le cogió la cara con las dos manos e hizo que lo mirara fijamente. Con las mejillas apretadas, Cristóbal tenía cara de besugo, con los labios salidos hacia delante–. No sé qué habrá visto en ti, porque tienes cara de besugo –se lo dijo–, pero... –vaciló unos segundos hasta que afirmó, rotundo–: Sí, te has colado.

–¡Anda ya! –soltó Cristóbal.

–Te has colado –repitió su amigo–. Lo que te cabrea es que la historia no sea verdad, porque lo que es tú..., ya te tiene.

–Paso de ti.

–Pasa de mí, pero te digo la verdad. Puede que aún no lo sepas y estés confundido. O puede que sí lo sepas y estés dando vueltas en círculos buscando argumentos para mantener y prolongar tu enfado. Pero ese es el punto: te gusta. Te joroba que la historia haya sido falsa, porque el rollo ese de la reencarnación molaba cantidad. Te joroba que te haya mentido. Y te joroba descubrir que, pese a todo, te enrolla la tía esa. Ahora que estabas tan bien, tenías a Leticia y bla, bla, bla.

–No tenía por qué haberme soltado ninguna mentira. De haberla conocido antes, me habría gustado igualmente.

–Tal como me la describes, es de lo más normal, y a una tía normal, con o sin Leticia, ni tú ni yo la miramos de buenas a primeras. A las que no destacan hay que conocerlas. No la miraste en el instituto cuando era extraplana y llevaba hierros en los dientes, ni lo habrías hecho ahora.

Cristóbal se dejó caer hacia atrás en la silla del bar.

–Me agotas –dijo–. Le das la vuelta a todo.

–Tengo razón.

–No, eres de los que cree tener razón, que no es lo mismo.

–No me has contado el tinglado por ser tu amigo, me lo has contado para que te diga todo esto, ni más ni menos.

–¡Para eso me compro un cilicio!

–Yo soy tu cilicio, nene –le guiñó un ojo–. Pero tranquilo, te dejaré que te metas conmigo el día que yo también pierda el trasero por una pava, que lo perderé, como cualquier hijo de vecino.

–Menos mal que no la conoces –manifestó Cristóbal.

–Ahora que sé dónde vive, igual me hago el encontradizo con ella. Le diré que soy la reencarnación de James Dean, el último rebelde.

–No me hace gracia.

–Tú ya no volverás a verla, me lo acabas de decir.

Cristóbal se hundió aún más en el asiento. Ya no tenía nada en el vaso, lo había apurado de dos tragos mientras hablaba con Santiago. Levantó la mano al ver pasar al camarero y le hizo señas para que trajera otra lata. Luego se apoyó en el respaldo metálico y cerró los ojos.

–Tómate un respiro –oyó decir a su amigo–, pero después te lo piensas con calma. Esa tía es genial y vale la pena.

Cristóbal guardó silencio.

Pensaba en la frase de aquel poemario.

«Hay 97 formas diferentes de decir "te quiero", y todas valen».

Daniela debía de conocerlas una por una.

La expresión de Elena era distinta a la de Santiago.

Al concluir Cristóbal el relato de toda la historia, desde el primer día hasta el turbulento momento de la verdad, se quedó callada y muy seria. Primero escrutó el rostro de su hermano menor, como si buscara en él señales que denotaran su exacto estado de ánimo. Después supo leer entre líneas y mantuvo la serenidad, pero de manera mucho más relajada. El silencio hizo que él la apremiara con sus palabras:

–Bueno, ¿qué opinas?

–¿La verdad? –quiso saber Elena.

–Pues claro.

–Me gusta –fue rotunda.

Cristóbal estiró el cuello y alzó las cejas.

–¿En serio? –dijo.

–Cantidad.

–Yo pensé que me dirías que está loca.

–Y lo está, pero por ti. ¿Qué más quieres?

–Pues vaya alegría.

–Eres un encanto, así que la entiendo –sonrió Elena.

–Va, en serio.

–Te lo acabo de decir en serio. Eres una persona encantadora.

–O sea, tonto.

–No seas negativo –ella le puso una mano en la rodilla y se la presionó–. Te falta un poco de rodaje con las chicas, y mala uva, porque ninguna tía te ha roto el corazón... Pero eso se cura con el tiempo, tranquilo; deja que una depredadora como yo entre en acción.

–Sigo creyendo que está mal de la cabeza –insistió Cristóbal, pasando de la «amenaza».

–Desesperada, puede, pero eso es todo. ¿Y se trata de algo malo? Pues no. ¿Qué es el amor, sino desesperación?

–¿Tenía que montarse un lío tan complicado para conocerme?

–Ahí está la gracia, en que el lío es fascinante –asintió Elena–. ¿Quién iba a pensar que tú te pondrías a hacer de detective? Dios –se estremeció–, ¡mira que ir a ver a la madre de ese chico que murió, y robar el diario de la chica!

–Lo devolví.

–Vale, pero te pillan allí dentro y luego dile a la poli que eres la reencarnación de Andrés Bussons. Esos sí que se hubieran reído mientras te encerraban –volvió a Daniela y, con su ecuánime reflexión por delante, insistió–: Esa chica tiene imaginación, cosa que no abunda por ahí.

–Una imaginación truculenta.

–Si no fuera porque tú estás metido en el lío, pensarías que es genial.

–¡No se puede jugar con las personas! –empezó a recuperar su enfado Cristóbal.

–Míralo por el lado positivo –Elena hablaba desde la serenidad, pero también desde el punto de vista femenino–: La tal Daniela conoce o descubre un drama de los de aúpa sucedido hace veinte años. Hay parecido entre vosotros, la misma diferencia de edad, cosillas... Y el resto, como te conoce del instituto, lo recuerda de ti o se lo inventa. Te lo cuenta y te convence, porque tú no habrías hecho todo lo que has hecho si no estuvieras convencido.

–Yo no...

–Te convenció –le cortó Elena–. De alguna forma pensaste que podía llegar a ser cierto. Y si no te convenció, por lo menos te dejó el cuerpo tan raro que tuviste que investigar. Es lo mismo. ¡Vamos, hombre, en el fondo todos soñamos con una historia romántica! Mira, esto se le ocurre a un yanqui y ya tienes peli con Natalie Portman y el DiCaprio. ¡Daniela se merece un Óscar al mejor guión y por su interpretación! Si además de enamorada e imaginativa fuese intuitiva y lista...

Cristóbal pensaba en Santiago. Él también le había dicho lo de la película.

–Es una mentirosa –bajó la cabeza–. ¿Esa es tu idea del amor, engañar?

–Sí –dijo Elena con rotundidad–. El amor en el fondo es eso: un engaño, aunque maravilloso. Conoces a alguien y solo le ves las virtudes, todo te hace gracia, todo es perfecto. ¡Oh, qué bonito! Sabes que no es así, pero a ti te da igual. Luego, si llegas a superar un límite de tiempo, resulta que todo lo que antes te gustaba, ahora te pesa y te desagrada. ¿Sabes la de veces que yo me he dicho: «pero a mí por qué me gustó ese tío»? ¡Y en una semana! Esa peca que te parece que le hace especial, luego resulta que lo que le hace es feo; y ese diente mal puesto que le distingue primero, luego hace que su sonrisa se vuelva espantosa; y esa frase que te suena a música aunque la repita cien veces, después te aburres solo con imaginarla o cuando la dice una vez más. Visto y no visto –Elena chasqueó los dedos pulgar y corazón de su mano derecha–. Te engañas siempre. Ves lo que quieres ver y sientes lo que quieres sentir. Y hay más cosas. ¿Recuerdas lo de que «en el amor y en la guerra todo vale»? Pues ella lo ha aplicado al pie de la letra. Te estarías riendo y dirías que es genial si no te hubiera pasado a ti.

Después de la larga parrafada, Cristóbal se sentía agotado. Aún tenía la cabeza gacha.

–¿Quién más sabe esto? –preguntó Elena.

–Santiago.

–¿Y?

–Me ha dicho que vaya por ella, pero es que Santiago es un salido.

–Estás buscando quien te diga que Daniela está loca, para estar seguro.

–No.

–Oh, sí –insistió su hermana–. Lo necesitas. Pero es tu propia inseguridad la que aparece en la punta del iceberg mientras que el resto, lo que importa, sigue bajo el agua –Elena volvió a ponerle la mano en la rodilla. Se inclinó un poco más hacia delante–. Tengo veinticuatro años y más experiencia, además de ser chica. Yo tuve que emborracharme para decirle a un tío que me gustaba.

–¿Cuándo fue eso?

–A los dieciséis.

–¿Y salió bien?

–La cagué –reveló Elena–. No era el chico, ni el momento, ni nada de nada.

–Genial –alucinó Cristóbal–. ¿Y eso qué tiene que ver con lo mío?

–Me gustaba ese maromo, eso es todo. Igual que tú le gustas a Daniela. Pero prefiero su historia a lo que hice yo. Tanto hablar de la «primera vez» y yo la odio, aunque... no me impide dormir, ¿vale? Pasó y ya está. Mira, cada cual ha de asumir sus errores y punto. Pero te diré algo acerca de eso: si vas con ella otra vez solo porque es fácil, está dispuesta y te espera..., te odiaré. Eso no sería un error, sería una cerdada.

–No voy a volver a verla.

–¿Entonces por qué me has contado esto?

–Porque desde pequeños nos hemos dicho las cosas, porque eres chica, por eso de la experiencia... No sé.

–Sí sabes. Continúa.

Cristóbal se mordió el labio inferior.

–Dilo –dijo suave aunque vehementemente ella.

–Estoy hecho un lío –suspiró él, reconociéndolo.

–Dime una cosa: ¿te gusta?

–Está Leticia.

–No hablo de Leticia. Además, ya sabes lo que pienso de ella. Hablo de Daniela. ¿Te gusta?

La miró casi con odio.

En cambio, en los ojos de Elena encontró paz, y comprensión.

Se rindió.

–Sí –reconoció por primera vez en voz alta.

–Entonces...

—¿Qué? —vaciló al ver que su hermana se detenía.

Elena fue categórica.

—Date una oportunidad.

—¿Que te pasa?

La pregunta retumbó como un trueno en su mente, fue de lado a lado de su cabeza, rebotó por cada rincón y dejó a su paso una estela tan fría como la muerte. Esa fue sin duda la peor de las sensaciones. El frío. Se convirtió en dolor a los pocos instantes, apenas una fracción de segundo. Y ese dolor le bajó por todo el cuerpo, le escoció en los ojos, le secó la garganta, penetró en su corazón, se instaló en su estómago, le hizo doblar las rodillas.

Miró a Leticia.

Esperaba una respuesta, pero él no podía dársela. El frío le acababa de entumecer hasta el punto de convertirle en un carámbano. Incluso se estremeció a pesar del calor primaveral.

Allí estaba ella, hermosa, exuberante, plena. Aquellos ojos, aquellos labios, aquella barbilla, aquel cuerpo, aquella cintura, aquel todo. La suma perfección de lo que siempre había anhelado.

O creía anhelar.

La perfección de la belleza.

Y volvió a estremecerse, porque el frío ya no provenía de su interior, sino de su exterior.

De ella.

Leticia era el frío, el vacío.

—¿Qué te pasa?

Todo acababa de suceder en un abrir y cerrar de ojos. Sus pensamientos, la pregunta, sus sensaciones, la espera. El tiempo se comprimía y se dilataba de acuerdo con unas leyes físicas imposibles. Él estaba en el centro y todo lo demás giraba a su alrededor.

No supo si sentir alegría o tristeza, alivio o pesar.

Todavía no.

–¿Qué te pasa?

Y se escuchó decir a sí mismo:

–¿Tú qué harías por amor?

Leticia ni siquiera se lo pensó.

–No lo sé –dijo, indiferente.

–¿Renunciarías a algo, a todo, a nada, te volverías loca, serías capaz de cualquier cosa?

–No.

–¿Así de fácil?

–¿Qué quieres, que te diga que moriría por amor o algo así? Pues no, mira. Te lo pasas de coña estando colgada por alguien, haces el burro y todo eso, pero…, no nos pasemos. No hay ni un solo tío que merezca tanto, y a la recíproca. Un cuelgue es un cuelgue, pero dura lo que dura.

–¿Tú estás colgada por mí?

–¡Huy, huy, huy! –cantó Leticia con desconfianza–. Te pasas.

–Dime, ¿estás colgada por mí?

–Me gustas.

–Eso no es estar colgada.

–¿Qué quieres, que me deshaga y todo eso, y que escriba poemas, y que no duerma, y que pierda el apetito…? ¿Es eso?

–No, no es eso.

–¿Entonces?

–¿Por qué te gusto? –cambió la intención de la pregunta.

–Pues… –Leticia movió la cabeza–, eres diferente.

Cristóbal recordó la conversación de la noche anterior con su hermana.

—O sea, tonto —le dijo lo mismo que a Elena.

—No es verdad —le dio un codazo—. ¿A qué viene eso? Tú eres diferente y ya está. Contigo estoy bien.

—Sí, soy relajante —se burló con acritud.

—Te comes demasiado el tarro, ya te lo dije. Tienes demasiados complejos y te haces demasiadas preguntas. ¿Por qué no te sueltas un poco? —le dirigió una mirada cargada de reproches, con el ceño fruncido.

—¿Crees que hay distintas clases de amor?

—Sí, está el amor de padre, el de hermano, el de…

—Me refiero al amor de verdad.

—El amor debe ser el mismo. Es la gente la que lo pone en práctica de una forma o de otra, igual que un futbolista necesita chutar fuerte para meter gol y otro le da a la pelota con suavidad. El resultado es el mismo —Leticia miró al suelo y apretó las mandíbulas—. Yo creo que la gente anda demasiado preocupada con todo eso. Amor, amor, amor… ¡Por favor, es como si…! —no acabó la frase—. ¿Por qué no me dices de una vez qué te pasa?

—No lo sé —admitió.

—A veces no te entiendo, y si te entiendo, no me gusta. ¿Por qué no disfrutas de lo que tienes momento a momento? ¿Quieres que te diga que viviremos toda la vida juntos y tendremos nueve hijos? ¡Horror! ¿Es que no estamos bien?

Se lo dijo:

—Pero no hay campanas, ni terremotos, ni ojos en blanco, ni…

—Espera, espera —Leticia se puso delante de él, impidiéndole seguir caminando, y lo miró boquiabierta—. ¡Ay, ay, ay! —suspiró ahora—. ¿Otra vez con el romántico subido? —la mirada se hizo más penetrante—. ¿Sabes qué significa esto?

–Significa que me planteo cosas.

–No –Leticia movió la cabeza a derecha e izquierda una sola vez–. Esto significa que hay otra en el horizonte.

Cristóbal se puso blanco.

–Hay otra, ¿verdad? –dijo la chica despacio al ver que él no hablaba.

–No.

No mentía. No había otra. No, no y no. No la había.

–La habrá –afirmó Leticia.

Otro largo mutismo.

–Ahora me dirás que me quieres, pero que no es lo que esperabas, y que confías en que sigamos siendo amigos, y que soy maravillosa, pero... me falta algo, o me sobra, o lo que sea –Leticia hablaba con naturalidad, sin ambages, pero también con una punta de despecho–. Y yo te diré que ni hablar, que no soy de esas, que si pasas de mí ya puedes irte con viento fresco, y a lo peor lloraré dos horas, o dos días, no sé, y después...

–Te lo estás diciendo todo tú –la detuvo por fin Cristóbal.

–Es que te veo venir, cielo –sonrió ella–. Conozco el percal.

–No hay nadie.

–Pero has conocido a alguien –bajó la cabeza y subió los ojos esperando la respuesta del muchacho.

–No es lo que piensas –se sintió cobarde al decir esto. Muy, muy cobarde.

–¿Sabes lo que más me cabrea? Pues que eres el primero que me larga a mí. Y esto es nuevo.

–Yo no te estoy largando.

–Cristóbal, cielo... No me vendas la moto. Ahora entiendo lo poco que nos hemos visto estos últimos días, y tus preguntas, y tu distanciamiento, y el mal rollo... ¡Jesús!

Si estaba claro. Lo que no entiendo es por qué no lo había pillado antes. ¡Señor! ¡Debo de estar perdiendo facultades! –se cruzó de brazos manteniendo la iniciativa sobre un desconcertado Cristóbal–. ¿Puedo pedirte un favor?

–¿Qué favor? –vaciló él.

–¿Puedo dejarte yo a ti? Es por la reputación, ¿sabes?

–Yo...

Ya no pudo hacer o decir nada más.

Todo sucedió en un abrir y cerrar de ojos.

–Vale, pues gracias –Leticia le puso las dos manos en los hombros–. Cristóbal: te dejo. Eres estupendo, encantador, muy tierno..., pero necesitas emociones fuertes, un buen empalago de cariño y AMOR, con mayúsculas. Yo no puedo dártelo, y lo mereces. Tú quieres una novia, pasión, estabilidad... Tu mundo no está aquí, y yo sí. No, no me llores –hizo una exagerada mueca de dolor–, no lo soportaría. Ha sido estupendo, pero la vida sigue. Sé que lo entenderás.

Se acercó a él, le dio un beso en la mejilla y le miró a los ojos.

Por última vez.

Cristóbal vio una pequeña mota de humedad en el fondo de sus pupilas.

Nunca la había visto llorar.

Ni la vería.

–Adiós –se despidió Leticia.

Dio media vuelta y se marchó, caminando deprisa, dejándolo solo en mitad de la calle y, lo más importante, sin volver la cabeza.

Un par de chicos sí volvieron las suyas al verla pasar, espléndida, segura, fuerte.

Libre.

Libre.

Entre todas las sensaciones, esa era sin duda la más fuerte. La libertad.

No sentía pena, ni dolor, ni lástima, ni tristeza, ni vacío. Toda la alegría experimentada cuando Leticia le hizo caso, se convertía de pronto en una extraña mezcla de alivio y paz.

«Cuidado con lo que deseas, porque puedes conseguirlo».

Leticia representaba su autoestima, la superación de sus complejos, de su sentido de la vergüenza, de su sensación de inferioridad y culpa. Era normal. Tímido e inseguro como tantos, pero normal. Podía enamorar a la belleza inasequible, y ser querido por cualquier chica siempre y cuando hubiera algo.

Algo que nunca tuvo con Leticia.

No había hablado con Santiago. No quería hablar con Elena. Deseaba tan solo asimilar todo aquello, y hacerlo solo. Ahora ya no tenía lazos, ni cadenas. Ahora podía decidir por sí mismo.

Ahora todo estaba bien.

Escuchó ruidos al otro lado de la puerta de su habitación y apagó la luz, para evitar que nadie entrase y le preguntara. Mejor mecerse en el silencio. El ruido pasó de largo y él se quedó a oscuras.

La negrura tenía un rostro amable.

Casi al momento, en ella aparecieron otros rostros, estos de verdad.

Espejismos.

La imagen de una fotografía de dos décadas antes. La sonrisa de un chico apartado del futuro por la fatalidad: Andrés Bussons. La imagen de otra fotografía, compañera del primero, tan sonriente como él, pero con el mismo fin trágico y dramático: Ángela Marsans. Y una tercera imagen, en este caso extraída de la realidad, así que ella se movía y tenía una luz, un sonido: Daniela.

Ni siquiera sabía su apellido.

Solo Daniela.

La cuarta y última imagen era la suya.

Formaban un cruce de caminos en mitad de la negrura que lo envolvía.

Cuatro alternativas.

Pero solo una posibilidad.

Recordó todo el proceso, cada palabra, cada mirada, cada roce, cada sensación.

Recordó los besos.

Cristóbal le sonrió a la oscuridad.

—Estoy loco —se dijo.

Andrés Bussons y Ángela Marsans desaparecieron. Solo quedó Daniela.

Al otro lado de sí mismo.

Fue lo último que recordó antes de quedarse dormido.

Al salir de la floristería, aún embriagado por el aroma de las flores que lo envolvía, Cristóbal se guardó el cambio en el bolsillo del pantalón. Contempló el escaparate por última vez, con sus rosas, sus jazmines, sus hortensias, sus claveles, sus gladiolos, su sinfonía de colores, y se sintió en la gloria. Mejor que nunca.

Aquel último e instintivo gesto, de alguna forma, cerraba el círculo.

Ahora sí estaba todo bien.

Muy bien.

Definitivamente bien.

El día era hermoso, el sol brillaba en lo alto, un sábado perfecto. Un sábado de primavera con la promesa de un verano inminente. Y al diablo el escollo de los exámenes.

Comenzó a caminar mientras extraía el móvil del bolsillo trasero del pantalón. Lo puso en marcha, introdujo los cuatro dígitos de la clave, presionó la tecla del «Yes» y luego marcó el número que había memorizado, aunque de todas formas lo llevaba anotado en otro bolsillo. Esperó con la respiración contenida, pero sin menguar el fuerte ritmo de sus pasos.

–¿Dígame? –escuchó una voz femenina cuando la línea quedó establecida.

–¿Está Daniela, por favor?

–Un momento.

La voz de la mujer taladró el aire al otro lado. Más que una llamada fue un grito. «¡Daniela!». Se alegró de que tampoco ella le preguntara el clásico: «¿De parte de quién?». Prefería reservarlo.

Un suspiro.

–¿Sí?

–Hola.

Un silencio.

–¿Hola? –repitió él.

–Hola… –vaciló ella.

–Soy Cristóbal.

–Sé que eres Cristóbal.

–¿Dormías?

–No.

Era una pregunta inútil y absurda. Una prolongación de la incertidumbre. Se detuvo en el semáforo y contempló el fluido urbano a la espera de que cambiara a verde.

Atacó.

–Escucha, voy camino de tu casa, estaré ahí en menos de cinco minutos. ¿Tienes algo que hacer?

La pausa fue muy breve, pero se produjo.

–No –dijo Daniela.

–¿Por qué no bajas?

–¿Para qué?

–¿Qué tal hablar?

La nueva pausa fue un poco más larga.

–Cristóbal, ¿estás bien?

–Empiezo a estarlo –manifestó él.

–¿Qué quieres decir con eso? –en la voz de Daniela flotó un temblor.

–Baja y lo verás –el semáforo cambió y reanudó la marcha, todavía a ritmo más vivo.

–Oye, lo siento… Me equivoqué –ahora el tono fue de pesar–. Hice una idiotez, vale, lo sé, pero ya está, ¿de acuerdo? Ya está. Me pasé y merecía lo que me dijiste, ¿qué más quieres? Lo siento, lo siento… Dios, olvídalo, por favor.

Supo que ella iba a colgar.

–¡Espera! –la detuvo.

Daniela no respondió.

–Si no bajas tú, subiré yo.

–Por Dios, ¿qué quieres?

–Daniela, me gustas.

Dobló una esquina, tuvo que esquivar a una chica pelirroja con la que casi se dio de bruces. El «me gustas» flotó entre los dos como una nube plácida. La pelirroja sonrió y Cristóbal le guiñó un ojo. Los dos se perdieron paso a paso.

–¿Qué?

–Quiero intentarlo.

No tuvo que decirle qué.

–¿Porque es un plan hecho?

–Sabes que no.

–¿Y tu... esa chica?

–Terminamos.

–No te creo.

–Pues debes empezar a hacerlo. Se acabaron las mentiras.

–Cristóbal, no juegues –su voz mostró un súbito cansancio.

Pero también un destello de esperanza.

–Estoy llegando –anunció él–. No sé si tu madre verá con buenos ojos que yo suba a tu casa, y más un sábado por la mañana, tan temprano.

–¡Cristóbal, no lo hagas!

Fue todo un grito soterrado, ahogado por la presión de una mano en el auricular.

–Pues baja tú.

–Oh, Dios...

–Baja –insistió él.

–¿Por qué?

–Baja.

Escuchó una respiración fuerte, una resistencia final, y después la rendición que fluía a través de la línea. La voz de Daniela tembló:

–¿De veras quieres... intentarlo?

–Sí.

–¿No te estarás vengando de mí?

–Deberás correr el riesgo, aunque ya estás acostumbrada a eso –le dijo maliciosamente–. Estoy a una manzana y no voy a detenerme.

–¡Ya bajo, ya bajo! –casi chilló Daniela–. ¡Tengo que vestirme, pero no tardo ni un minuto! ¡Ya bajo!

–Te espero.

Creía que ella colgaría al momento, pero no fue así.

–Cristóbal –la oyó susurrar.

—¿Sí?

La penúltima esquina.

—No, nada.

Daniela cortó la línea.

Cristóbal se guardó el teléfono en el bolsillo trasero del pantalón.

No se lo creía aún, pero estaba hecho.

Y aun sabiendo que llegaría antes de que ella tuviera tiempo de vestirse y bajar a la calle, echó a correr para cubrir en la mayor brevedad de tiempo posible los metros finales.

Capítulo séptimo

La incógnita final

LA asistenta entró en la sala sosteniendo el centro de mesa repleto de flores de todos los colores, aunque con predominio de las rosas rojas. Su rostro casi desaparecía oculto por las ramas y el verde follaje de los adornos. Pero tanto la sonrisa de extrañeza como la cara de pasmo se hacían visibles como un manto que completaba el cuadro.

–¡Señora, señora! ¡Mire lo que han traído! –anunció.

La madre de Andrés Bussons no se movió de su butaca. El bastón reposaba a su lado, pero no hizo el menor ademán de ir a tomarlo. La única alteración se produjo en su rostro, y no fue tanto de sorpresa como de extrañeza.

–¿Qué es esto? –preguntó.

–Pues ya ve, unas flores –la asistenta dejó el centro sobre la mesa y unió sus manos para contemplarlo extasiada.

–Ya sé que son unas flores –espetó la anciana–, pero será un error, digo yo.

–No, no. El chico de la floristería lo ha dicho bien claro: Amanda Bussons.

–Pues no es mi santo, ni mi cumpleaños –la mujer miró atentamente el ramo–. Y aunque lo fuera. Nadie me ha enviado nunca una cosa así. ¿Qué pone la tarjeta?

–Ahora se la leo –la asistenta la extrajo del centro de flores. Iba prendida de un tallo con una diminuta pinza de plástico amarillo–. ¡Qué bonitas, y qué bien huelen!

La mujer esperó. Era curioso: desde la muerte de su marido, nadie la llamaba Amanda Bussons, sino Amanda Riquelme. Quien hubiera tenido aquella atención no lo sabía.

Así que debía de tratarse de alguien...

La asistenta se acababa de poner pálida.

–Vamos, Pilar, ¿qué dice esa tarjeta? –se impacientó.

–Dice... –levantó los ojos para depositarlos en la anciana–. Dice: «Andrés siempre estará con nosotros».

Amanda Riquelme, viuda de Bussons, acusó el golpe.

Abrió los ojos y parpadeó.

Su imagen acabó de parecer una estatua, con el cabello blanco perfectamente peinado, sus ropas elegantemente añejas, el rostro grave, la inmovilidad de aquel golpe inesperado. Después, sus rasgos se transmutaron, se convirtieron en plastilina, se dulcificaron a medida que los sentimientos la socavaban.

–¿Quién... la firma? –quiso saber.

–No hay firma –reveló la asistenta.

Le entregó la tarjeta. Miró la cartulina, las letras correctamente escritas, la simpleza de aquel mensaje tan lleno de esperanza y, al mismo tiempo, tan irreal. Afloró una diminuta sonrisa en sus labios delgados y transparentes.

–¡Qué extraño!, ¿verdad? –dijo su compañera.

–Sorprendente –Amanda Bussons volvió a depositar sus ojos cansados en las flores. Eran muy hermosas–. Hace unos días, aquel chico que quería hablar de Andrés, y ahora..., esto.

—¿Cree que tendrá relación? —preguntó la asistenta.

—No lo sé, Pilar, no lo sé —repuso la anciana—. Sin embargo, hay algo que... —tuvo un leve escalofrío—. El otro día no se lo dije, ¿sabe usted? Pero al ver a aquel muchacho...

—¿Qué? —la alentó Pilar al ver que se detenía.

—Se parecía tanto a mi Andrés...

—¿Qué me dice? —la asistenta se quedó boquiabierta.

—Eran... sus ojos, su mirada, algo que trascendía más allá, no sé si me comprende —Amanda Bussons se envolvió con un dulce suspiro—. Y tenía su misma edad.

—¿Por eso se puso tan mal?

—Sí —reconoció.

Flotó un breve silencio entre las dos.

—No me haga caso —la madre de Andrés Bussons se llevó una mano a los ojos—, y ponga las flores ahí, por favor, sobre el piano, junto a la luz, donde pueda verlas bien.

—Sí, señora.

Pilar tomó el centro de mesa y lo trasladó al piano de pared, cerrado y sin nada encima. Lo dejó sobre su negra y brillante superficie y luego unió ambas manos a la altura del pecho, como si rezara. Lo contempló con devoción un par de segundos antes de retirarse mientras le echaba una disimulada ojeada a su señora.

Amanda Bussons también miraba las flores.

Sonreía.

Y sonrió un poco más, y un poco más, y un poco más, antes de cerrar los ojos y cambiar la dirección de esa mirada.

Hacia dentro.

Isla de Pascua (Chile)
y Vallirana (Barcelona), 2000

Índice

Títulos publicados

PARALELO CERO

*Este libro se terminó
de imprimir en el mes
de enero de 2022*